第七封信 · The Seventh Letter

凝黃色的菜車

攤開記憶，人生中遇見的第一台移動販賣車，是外婆家那每隔幾天會來、停放在廚房後頭空地的菜車。平常與親族對話，慣以外公家稱呼，唯有論及廚房飲食相關時會以外婆家稱之。

幼兒時期長住在外婆家，隱約記得那菜車並不豪華，但初見發財車上擺滿藍、綠塑膠淺盆，裝盛各式蔬菜生鮮，仍有驚異的明確印記。現在想來，菜車上多生鮮，應是近山小庄難購得魚貨而致。

還記得，每回菜車到來，從廚房洗手台上的小木窗可見，就可從廚房和餐桌中間後門，推門來到後院，稍繞行會飄出霉味的倉房，接著「咿呀——」抽離門閂，便能步上台階走到外頭，來到菜車所在地。

矮小身影總跟著繞進走出，在大人閒聊採買間踢碎石子、張望著，偶爾外婆會買回一袋粉粿，當倒出凝黃色、軟晃晃的形體時，總會吸引孩子們全副注意力。次數多了，便有了菜車等於粉粿車的奇幻異想，成為日常裡的一種期盼。而後才發現，原來等待的滋味，遠超過物件本身。

主編　董淨瑋

昆蟲季

in 台北士林

盛琳
bibieveryday 主理人，在與小男孩和小女孩的日日生活中持續修煉著。

Evan lin
攝影師、策展人、兩個孩子的爸爸，穿梭在工作與生活中的多重身分。

早上小孩走去學校的途中，草叢裡響起草蟬清脆的鳴叫聲，在構樹的葉片上，也能輕易發現竹節蟲的蹤跡。而竹節蟲附近，則蟄伏著一隻大螳螂；再遠一點的枝條上，是一隻肚子鼓鼓的攀木蜥蜴。

幸好，真實的獵食場面並沒有在我們面前上演。

牠們幾個深怕被發現，定格一樣，各自在原地動也不動。

白天是如此精彩，那麼夜晚呢？

聽見草蟬鳴叫的那天我們想，鍬形蟲也該出來了吧？於是在吃過晚飯後，去附近的公園樹林尋覓，果然發現了正在吸食樹液的小傢伙。

Summer is coming.

也宣告著昆蟲季節的來臨。

時刻 MOMENT

觀看　　的

SIG

山中的海底世界

in 花蓮卓溪

「為什麼這裡叫瓦拉米？」路過的山友閒聊著。

「瓦拉米翻譯成日語是『蕨』（walabi）的意思，布農族語的瓦拉米則是『跟我來』（malavi）。」夥伴玉萍回應道。

合在一起，就是跟我來蕨類的故鄉——瓦拉米，這是一條擁有布農族故事和日本遺蹟的山林步道。

走著走著，天空下起雨來了……霧氣與雨水包圍整座山林，彷彿掉進

海底世界，鮮豔的背包套讓我們看起來像是五彩繽紛的小丑魚，游進海草堆，滑經珊瑚礁，一個急轉彎，一隻熟睡的大白鯊一動也不動，我們輕聲游過繼續向前，看見結了串串珍珠的漁網，正等待食物。天色漸暗，一場山中的海底探險，讓一路潮濕的路程多了些樂趣。

終於，眼前出現紅色三角屋頂的建築物，那是今晚的家——瓦拉米山屋。我們卸下裝備，開火煮飯，聽山友說，明天會是大晴天，看來海底世界要變小島了！

場景 SCENES

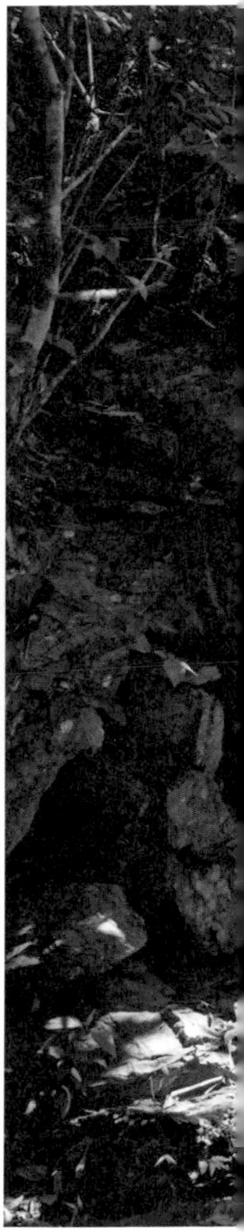

林靜怡

宜蘭頭城人，現居花蓮壽豐，住在被山林擁抱和溪流洗滌的地方，與四隻狗二隻貓一起生活，創立「大樹影像」是希望能為被攝者留下些什麼，並讓世界溫暖一點。

一起去洗衣服

in 花蓮玉里

「下次一起去洗衣服吧！」，某次下課後我們是這樣相約的……

那段時間，我們參與布農藤編課程，跟著上山採集、剖藤、削藤、編織等課程安排，前後約有半年頻繁進出玉里鎮，在時間堆疊下漸漸認識地方樣貌。而這裡的洗衣亭，是我目前生命中最喜歡的空間之一。

暑假的熊蟬轟轟鬧鬧叫醒了我，炙熱的太陽一拳一拳打在身上，我們把握時間帶著刀和部落耆老上山採藤，但最期待的是在下山後，帶著髒兮兮的衣褲去鎮上洗，不是去現代人熟悉的自助洗衣店，而是在馬路旁的傳統洗衣亭。

對於出生在有洗衣機年代的我們，在溪邊手洗衣服無疑是種初體驗，更是我在8、9年前第一次來到這裡就有過的想像，想著會不

建築
BUILDING

7

觀看 的

SIG

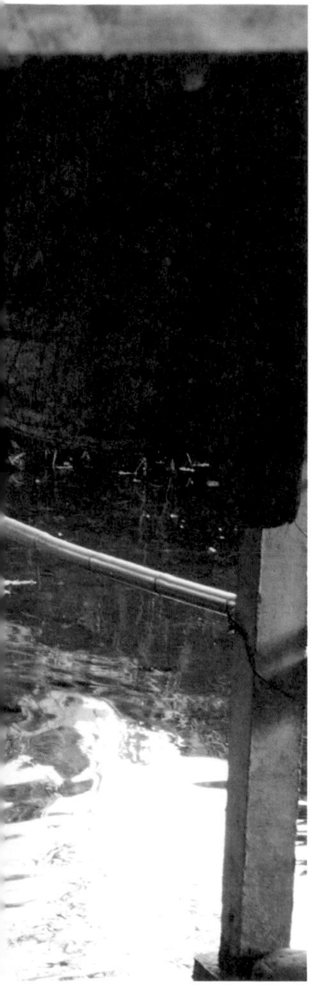

會有一天，我也能效仿玉里的婆婆媽媽們在晚飯後相揪來去洗衫，聊聊你我的小孩有多頑皮，討論誰家的婆媳有戰爭……這是一個開放、卻只有固定班底才會來說秘密的空間，這次總算實現願望。

現今許多地方的洗衣亭都經過大幅度整治，堅固卻也相對冰冷的水泥材質包圍了溪水；當然主要原因還是使用的人變少，自從洗衣機成為母親節最大的行銷品項之一後，洗衣亭的沒落總有一天會到來的。但鎮上這座簡陋搭建的洗衣亭，或許才是讓我掉進回憶的關鍵。

記憶中，能和媽媽一起去洗衣服，是件快樂且迫不及待的日常行程。大人們有固定的位置排排坐在溪邊，雙腿中間斜放搓揉衣服的大石頭，他們的聊天內容我根本沒在注意，因為我們孩子唯一的任務就是泡在清澈溪水裡抓蝦抓魚，比誰的笑聲最大，比誰濺的水花最高，直到媽媽們拎著各自的小孩回家煮飯，我才肯罷休上岸，跟媽媽約好明天再來洗衫，跟鄰居約好明天再來打水仗。那是純粹享受歡笑的童年時光，洗衣亭自此成為我重要的生命場景。

洗衣亭和CD隨身聽一樣，其實已經消失在你我生活中，時代的更迭本來就伴隨著新與舊的交替，但越是便捷的生活，代表著人與人之間的溝通機會越來越低。當連婆婆媽媽們都不再去洗衣亭的那一天開始，這裡的悄悄話及故事就真的「洗衣停」了。

建築

BUILDING

邱家驊

躲在恆春十餘年的影像人，拿著釣竿就住海邊，不時也爬進山裡砍柴玩石頭。攝影是工作更是生活，快門之前是積累的日常感受，快門之後將消化成未知的養分，回饋給自己。

觀看　　的

SIO

家是尋找我們的最大公約數

in 屏東恆春

我和阿田一家三人一狗，走在恆春古城牆上，四月末的恆春，已經沒有會把人吹歪的落山風，也還沒吹起帶著濕熱氣息的西南海風，在這季節轉換之際，徐徐微風自在輕盈而透澈，如同他們一家給人的感覺。

這是他們正式落腳恆春的第七個月。我的思緒飄回認識他們的前年夏天，一個颱風離開的午後，我與太太順著山上蜿蜒小徑來到他們位於台東長濱的老屋，那時才3歲的阿田光著身體在成群的雞與鵝之間奔跑，屋內有著幾隻睡翻的狗，以及剛出生的頑皮小貓。幾年前眉毛與阿先兩人在台南相識，一起進行的第一場移動，就是到廣闊山海的台東。

他們一邊整理老屋，一邊尋找著生活的理想樣貌——砍柴炊煮，養雞生蛋，與鄰居交換食材，做饅頭也學按摩，有時編織有時出攤，也一起面對各種動物們的生離死別。他們用自己最舒服的狀態生活著，外人如我看來，他們是這麼地適合東部這塊土地，好似就會在這裡待上一輩子。

那到底是什麼突然把他們帶到恆春？

「想這個好累喔，哪有幾句話可以簡單講完。」阿先依然坦率。「原因很多啦，我試著講看看，」眉毛接過話，他是家裡負責各種銜接與落地的人。幾年生活下來，除了天氣比預期更多雨，與同性質朋友之間距離較遠、互動較麻煩之外，

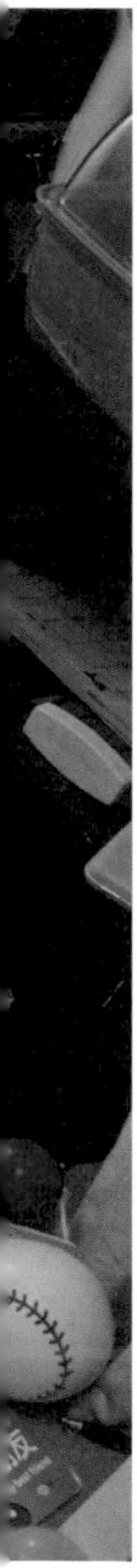

他們也慢慢理解東部講求精緻卻所費不貲的旅遊風格，不是他們所想選擇的。最後，老屋聯外道路在颱風後進行整修，隱密的泥巴石頭小路從此拓寬而平坦，這件事成為最後的推力，「我們有種被東海岸推出去的感覺。」

為了避開多雨的天氣，他們一路往南，而朋友曾經推薦的恆春，就這麼成為選擇。整件事咻咻咻地發生，他們很快地在恆春找到一間三樓透天厝，台東老屋也賣得順利，「一切就很順，好像就是要我們來這邊。」

離開，也讓他們開始重新看待台東，「現在覺得台東變成後花園，每次回去都覺得台東好舒服喔。」

來到恆春後的感覺呢？他們想了一下，好像一切都還是很緩慢地在調適感覺中，「目前好像除了更方便，其他沒什麼改變。」對他們來說，恆春不僅因為更接近都市帶來生活上的便利，地理上也讓他們更自由地前往台東與台南。

眉毛說他其實只要有海有山有溫泉，哪裡都可以，「不過生活就是要去滿足家裡各個角色，包含阿田。」他淡淡地說，「我現在的內心狀態就是，不管要去哪邊，都好，只要他們可以一起生活，可以一起相聚，那我什麼地方都OK。」於是他們繼續在恆春的陽台養雞、撿到一隻斑鳩、收養了貓與老鼠，那天也在鎮上撿回一個做司康的旅人。

來到恆春，他們的生活依舊，人與靈魂保持著那股輕鬆。

天色慢慢暗下，我們在此道別。看著他們，我感覺到一種對生活折衝、消化，吸收後的自由。他們的身體從台南、長濱移動到恆春，看似不斷變動，但他們對彼此的尊重，卻讓三人之間穩固成一種理想的家。每個人都有每個人的形狀，放在一起，那就是一個家，他們都在當中找到自己的平衡。

邱承漢

高雄人，喜歡拍照也喜歡寫字，更喜歡真誠的人，育有一狗兩貓。2011年將外婆起家厝改建為叁捌地方生活，用幽默感及設計參與社區，過著返鄉但持續流浪的生活。

人 PERSON

目

Contents

次

移動販賣車

Feature 特輯

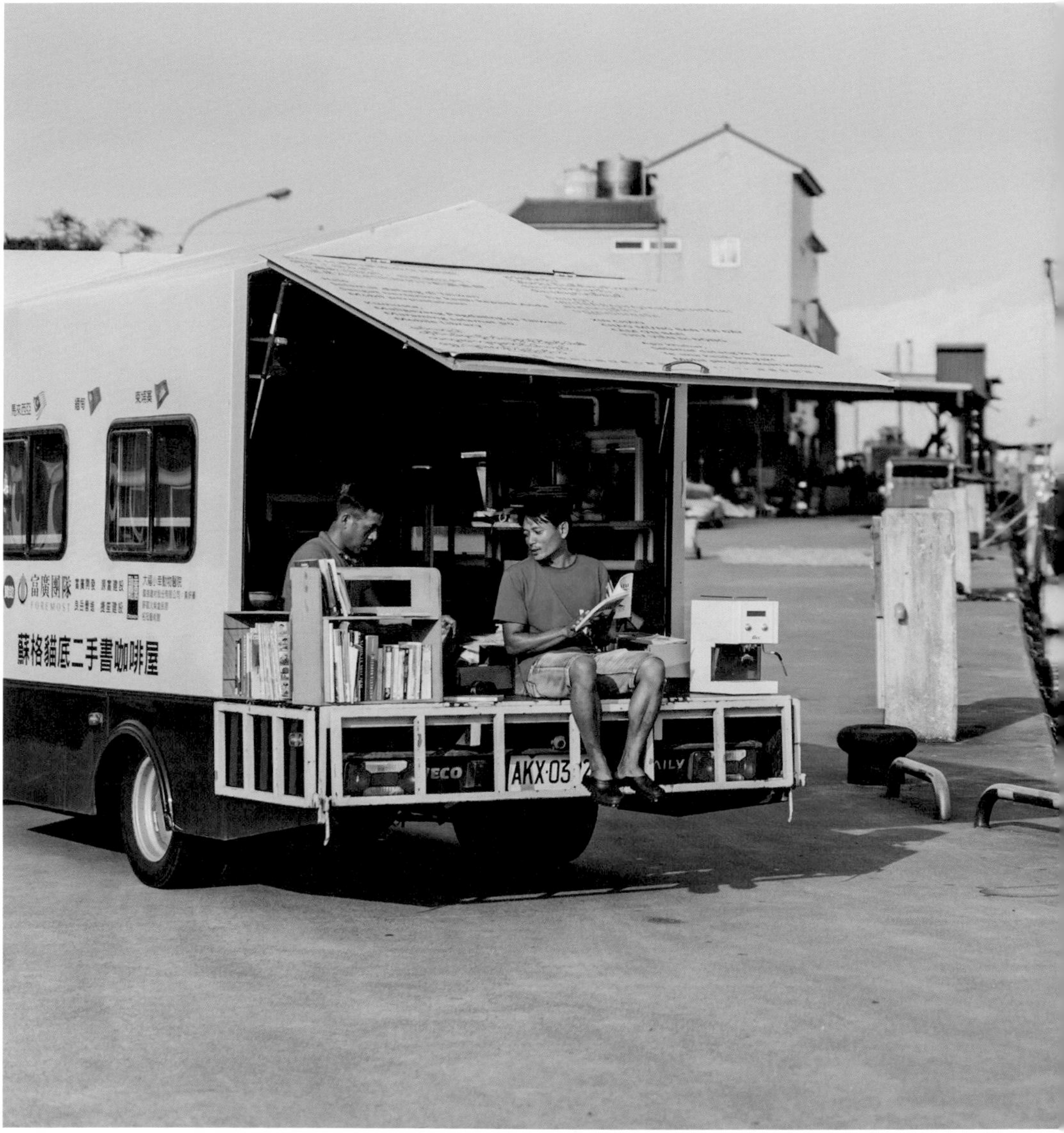
富廣國際
FOREMOST
蘇格貓底二手書咖啡屋
AKX·03

Sight 觀看的視線

Another Life 另一種可能

Inside of Place 走進地方

Grow From Land 和土脈脈

有一種車，載商品、載服務、載夢想、甚至載著心意，
只要願意用金錢、用時間、用互動來交換，
就能得到一個短暫交會的驚奇。

TRUCK

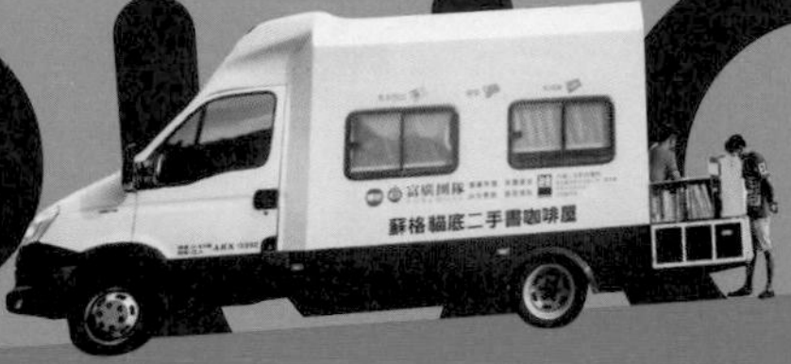

販賣車

● 菜車 ● 魚車 ● 肉車 ● 賣藥車 ● 饅頭車 ● 服飾車 ● 二手書車 ● 披薩餐車 ● 冰淇淋車

GROCERY

移動販賣車，不只是城市裡的浪漫風景，更是深入地方的行動據點；
車體在移動的行為過程中，
已超越商業交易的計算，擴及成地方行動的範疇。
因此，移動販賣車不僅僅是運送商品的載體，
是一場個人意志的行動，也是一種與地方連結的方式。
移動，就是最大的創造和連結。

日常中的地方行動 移動

● 農具車 ● 磨刀車 ● 修理雨傘車 ● 土虱車 ● 麵包車 ● 修理紗窗車 ● 五金雜貨車

攤販流變

Street Vendor in History

日本時代台灣人的水果攤，就在路旁樹下擺攤，
販賣時節水果。（山崎鋆一郎著《臺灣的風光》）

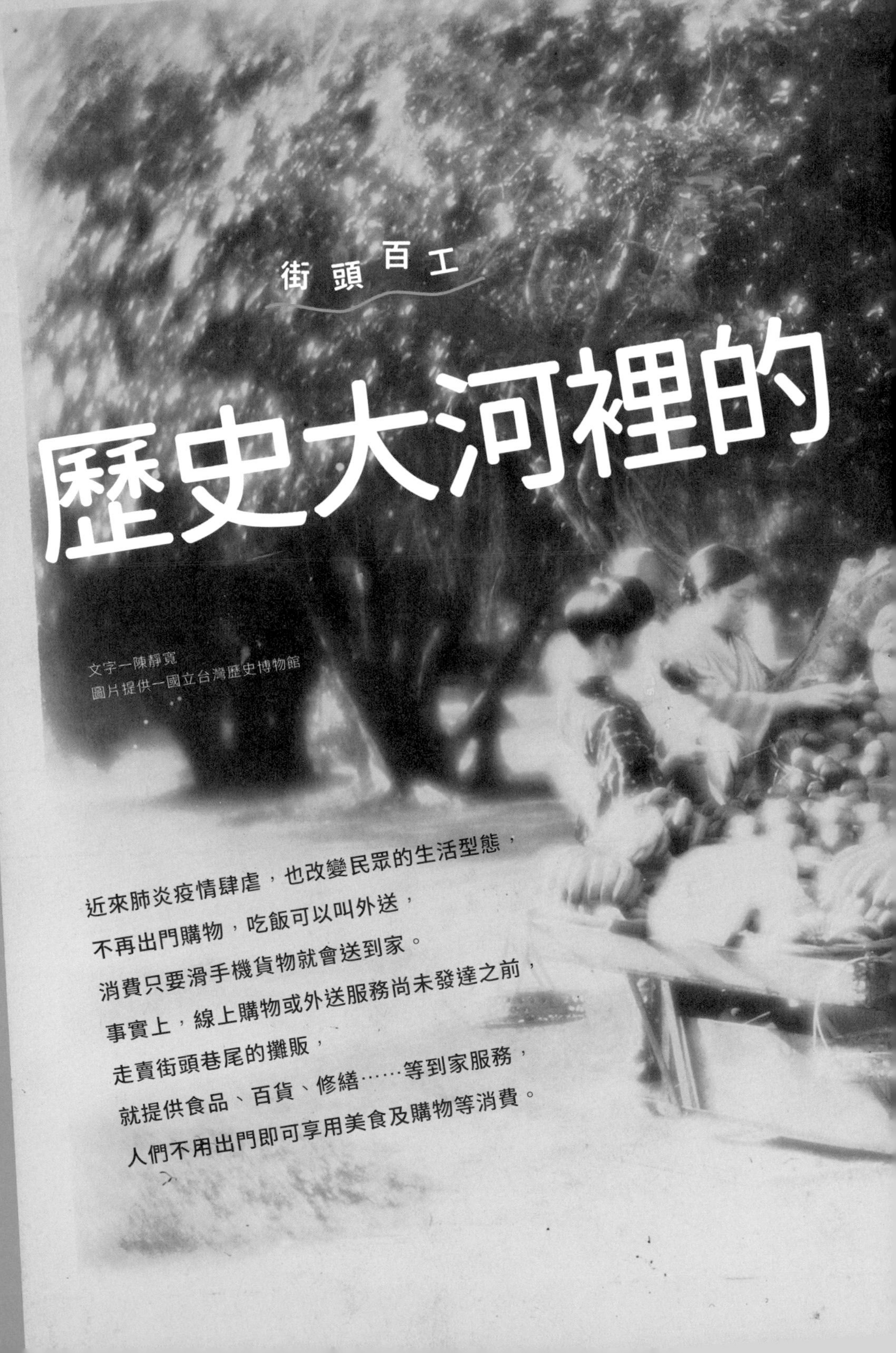

街頭百工

歷史大河裡的

文字—陳靜寬
圖片提供—國立台灣歷史博物館

近來肺炎疫情肆虐，也改變民眾的生活型態，
不再出門購物，吃飯可以叫外送，
消費只要滑手機貨物就會送到家。
事實上，線上購物或外送服務尚未發達之前，
走賣街頭巷尾的攤販，
就提供食品、百貨、修繕……等到家服務，
人們不用出門即可享用美食及購物等消費。

歷史紀錄中的攤販身影

攤販是歷史悠久的商業型態，也是一種最簡便的交易活動，有的小販會將貨品放在車上，或擔挑於肩上，一面行走，一面使用響器發出聲響，或發出特色的叫賣聲，招徠顧客；有的小販則選擇路邊、廟口或市集等人群聚集處停駐營業，多從事地方小吃、日常用品等販賣維生，故也稱為「路邊攤」；無固定販賣地點的攤販則稱為「流動攤販」。

自清代以來台灣社會就有許多攤販，清代的文人與傳教士就記錄了在旅途上多依賴路旁攤子果腹的訊息，這些攤販多是供應簡單的便餐，有粥及米飯，配菜有炒韭菜及白切肉等。清末史久龍的〈憶臺雜記〉，寫到從府城到嘉義城途中，多有販售「山薯粥」的攤子，「山薯粥」即地瓜粥。

而從日本時代的紀錄中，仍可見到清代攤販的樣貌。

日本時代台灣總督府禁止在路旁陳列食品、商品而妨害交通，進而管制流動攤販，致使流動攤販逐漸固定下來，有的集中在市場、廟口或在騎樓販售，政府也將其納入國家體制內，進行管理、徵稅等。

1 肩挑賣木屐的小販。 **2** 在廟口的攤販，路人都是站著圍觀在攤子旁，等待美食。（昭和6年勝山吉作《臺灣紹介最新寫真集》）

3 路旁的理髮攤，雖然是日本時代所拍，仍可見清代遺風。（明治41年臺灣總督府官房文書課《臺灣寫真帖》） **4** 在路旁用竹片或籐編進行箍桶的小販。（大正4年臺灣寫真會編纂《臺灣寫真帖》第12集）

百工小販跟著時代變革

走賣攤販的經營者不需要店面、無須繳稅、成本低，多為無業者或弱勢者謀生的方式，這些攤販也展現出五花八門的細活，除了提供貨品，也提供服務，呈現出豐富有趣的庶民生活樣貌。

日本時代的《台灣寫真帖》即留下許多珍貴的攤販照片，可以看到當時販賣食物的攤販，一邊裝盛食物的鍋子、一邊裝碗與調味料，沒有桌椅，隨地開賣，客人往往圍著攤販蹲著就開始食用。1895年前後日本人剛到台灣時，所見到的都是這些設備簡陋的小吃攤，日本官員笹森儀助描述他與挑夫在點心攤吃粥時，有許多苦力也一起用餐，大家並排坐在一條枯竹竿上，周遭還有豬隻徘徊，構成一幅有趣的景象。

當時台灣街頭出現的攤販，除了小吃攤外，還有提供美容或修繕服務的攤販。這些攤販的百工行業很多是從大陸流傳過來的，例如剃頭攤，只見照片中的男性顧客還留著清朝的長辮子，坐在剃髮道具箱上，剃髮師傅手持剃刀協助修容整面，排排坐著的理髮景象。在物資缺乏的年代，家裡物品破損毀壞，不會直接丟棄，此時就會請專業的修繕師傅協助修補，因此修補專業的小販就應運而生。最有趣的是修缸甕的箍桶小攤，修補攤販攜帶工具箱，沿街叫賣，除此，街頭上還有修補陶碗、修補鞋子的小販等。

戰後這些修補攤販隨著經濟發展，居家生活有了巨大的變革，剃髮攤、補鍋碗小販在街頭消失了，取而代之的是修理紗窗、磨刀、電器等叫賣服務的小販，移動方式也從人力肩挑，到腳踏車、三輪車運送演變為摩托車、小貨車等，雖然修繕項目不同、移動方式改變，不變的卻是攤販帶給客人的服務熱情與街頭的人情味。

5 日本時代的攤販集中在固定時間擺攤，而且也架起棚架遮風避雨，成為攤販市集的特殊景象。（大正4年臺灣寫真會編纂《臺灣寫真帖》第12集） 6 日本時代的騎樓建築，正可提供攤販擺攤。（昭和6年勝山吉作《臺灣紹介最新寫真集》）

冬暖身、夏涼心的行動食堂

所有攤販類型中，一般民眾最熟悉的是販賣食物的小攤販，這類攤販賣的食品會隨氣候有所變化，夏天賣涼食，冬天賣熱食，因此車上有保溫設備或加熱器材、裝盛的碗盤等，儼然是一座行動食堂，將鮮美的食品送至顧客手中，提供最便捷的美味。

最令大家耳熟能詳的是芋冰攤的叭噗聲，在炎熱夏日裡，聽到此種響器所發出的聲音，小朋友就會紛紛走出門，購買芋冰解暑，多數的芋冰攤還會搭配打彈珠的遊戲，兼具娛樂性質，吸引著兒童前來購買。而嚴寒冬日裡，大家最期待的是杏仁茶或麵茶攤，從遠處就傳來熱水的氣鳴聲，細長氣笛的水壺架在攤車上，滾滾的熱水蒸氣，沖泡一碗熱騰騰的麵茶，在寒冬裡傳遞最暖心的味道。除此之外，還有豆花攤、冬瓜茶攤、狀元糕攤……等令人回味無窮的小攤美食。

時代氛圍下的生存之道

除了飲食類攤販，也能看見具消費和娛樂性質的攤販身影。

早期農村因交通不便，居民鮮少外出至都市或市集購物，遊走於農莊鄉里、街頭巷尾的貨郎，是挑著扁擔販賣日用小百貨的行商，會將商品帶到家門口而深受居民歡迎。貨郎多是肩挑兩個木櫃，裝滿雜貨，在台灣則稱為「雜貨攤」或「雜細攤」；木櫃內裝滿香粉、針線與香水等琳瑯滿目商品，廣受婦女喜愛，宛如一間移動百貨行。

戰後，雜細攤也因運輸工具改變型態，販售商品也更加流行與新潮，明星花露水、絲襪均成為受歡迎的商品。而賣貨郎也開始有女性經營，除了販售商品外也提供美容服務，騎著單車、載著雜貨箱的小販，穿梭於農村小徑，成為戰後初期特殊的景象。

攤販不只可以買賣，還能玩樂，除了搭配芋冰攤的打彈珠台，戒嚴時期就曾出現行動柏青哥（パチンコ）小鋼珠彈珠台、及賣愛國獎券的行動攤車。有趣的是攤車兩旁還掛著「國家至上、強身報國」、「保密防諜、人人有責」的標語，並在車前插國旗，可說是「娛樂不忘愛國」，在戒嚴時期的政治氛圍下，反映出攤販的生存之道。

百年來的街頭攤販，成就了豐富有趣的庶民文化，從簡陋菜攤、走賣雜貨攤或修補服務攤販、甚至具娛樂性的遊戲攤販，見證了各式飲食文化的變遷及社會型態的改變。透過文獻紀錄，除了探索這些消逝的攤販，也能回憶過去樸實的生活情景，讓人重溫這群底層奮鬥的人們，所帶來的機動及活力。

彈珠台腳踏車展現戰後戒嚴時期的特色。

陳靜寬，任職於國立台灣歷史博物館，負責台灣歷史文物的典藏與管理，致力於大眾史與區域史的研究，曾策辦「叫賣台灣味」、「水火交．天人會：台灣王爺信仰特展」與「台灣風：行旅紀念物特展」等展覽。

叫賣歌曲，會是生活主旋律。

文字—熊儒賢
圖片提供—國立台灣歷史博物館、野火樂集

「燒肉粽～」

「酒矸倘賣嘸～」

「燒酒螺～」

「修理紗窗～紗門～換玻璃～」

「包子～饅頭～」

「叭噗～叭噗～」

「好吃的粿來囉～甜粿～
紅豆甜粿～芋粿巧～」

「桶仔雞～手扒雞來囉～」

「來喔～來買雞毛撢、菜罩～」

從小就對聲音充滿好奇與連結，小至張嘴發出嗡嗡聲，與電風扇的扇葉一起發音，大到遠遠傳來的叫賣聲，這些聲響都提示著生活空間、環境的旋律。在叫賣車還沒裝上廣播器的年代，我聽到的是「人聲」的叫賣，他們聲音洪亮，以沿街呼喚的生存方式，成為市井主要聽覺。

我成長在南台灣，那是個還有腳踏三輪車的年代。在住家附近的街口，會有一位「叫車伕」，如果有客人要叫車，要先去找這位叫車伕，然後他會用響亮的嗓音，站在街口，用可穿牆而出、衝勁十足的聲音，直接對著兩個路口外的三輪車隊喊著：「三～輪～車～」，三輪車伕就會騎來搭載客人，至今印象仍非常清晰，叫車伕的吶喊聲，有著重金屬的搖滾味！

下午4點，街市上吹起一聲哨響，代表賣麵茶的來了。我會從家裡端個空碗出來買麵茶，攤車四周圍著吃麵茶的客人，美滋滋、黏糊糊的麵茶，是上天送的銷魂禮物。

晚上9點，「肉粽、燒肉粽～」、「包子～饅頭～」的叫賣聲陸續出現，他們騎著粗重厚實的鐵馬，沿街兜售自己的家鄉味，用不同的音高和各路方言起起落落的叫賣著；共通的點，是在腳踏車後座都有一個食物箱，並用棉布蓋住箱子口。一般人家只要在窗口喊一聲，「欸，燒肉粽ㄟ」，立刻會看到肉粽人定睛的眼神，緊接著聽到「ㄍ一」的煞車聲。

民以食為天，台灣戰後經濟蕭條，小老百姓還是過著愁吃愁穿的日子，除了傳統市場之外，街市上的攤販推車是在地的滋味，因此叫賣聲，也成為生活中的主旋律，聲、腔、律都有了味道。

叫賣聲也成了市井中的定時鬧鐘，只要聽到不同叫賣人的呼喚，都能準確知道現在大概幾點鐘，因為叫賣人從不遲到，他們沿路的行腳和聲音，有自己的節奏、發聲和速率。

移動小販的心聲創作

從這些叫賣的聲音、節奏、旋律裡，流行音樂也開始發展為庶民生活的創作。

1970年代，唱片公司發行台語民謠〈燒肉粽〉、〈賣豆乳〉、〈切仔麵〉、〈賣菜義仔〉、〈賣魚吉仔〉，都是將民間叫賣聲寫入歌曲裡，也將在地生活感和市井小民的心聲，譜寫成歌，廣布流傳，充分反應出當時民眾艱困的生活處境，大受好評。

其中唱紅〈燒肉粽〉這首深入民間流行歌曲，有「肉粽歌王」美譽的歌星郭金發也說，那個年代大家生活條件很差，除了農工社會的行業可以賺工錢之外，每個家庭都要靠不同的手藝過活，如果能夠賣個吃的，多賺些零用錢來維持家庭，就能貼補家用。這首〈燒肉粽〉的第一聲呼喚，就讓我回到當年的生活景況和在地美食。

〈燒肉粽〉的叫賣聲傳遍大街小巷，那時開始有電視的時候，郭金發打扮成推著推車、叫賣肉粽的形象，接受電視節目邀請演出。據他說這首歌發行的時候，光有「電台」的推動還沒這麼快，是有了「電視」播出，才讓這首歌開始紅遍一時。

庶民生活中以行走方式沿街叫賣的吆喝、招攬顧客的購買，而音樂創作人以小販叫賣的方式，將生活寫進歌裡描寫社會現象，與聽者共生共鳴，是叫賣歌曲大受歡迎的主要原因，更早期也曾有〈賣湯圓〉、〈賣橄欖〉、〈賣餛飩〉、〈賣糖歌〉、〈燒餅油條〉、〈老王賣瓜〉……，這些叫賣歌曲，映照出歌曲中的食樂文化！

自悲自嘆歹命人　父母本來真疼痛　乎我讀書幾多冬　出業頭路無半項
暫時來賣燒肉粽　燒肉粽　燒肉粽　賣燒肉粽
要做生意真困難　那無本錢做未動　不正行為是不通　所以暫時做這項
環境逼我賣肉粽　燒肉粽　燒肉粽　賣燒肉粽

〈燒肉粽〉郭金發

〈擦鞋歌〉鄧麗君

路上行人走匆忙
我們等候在道旁
等候過往君子來照顧
皮鞋踏上擦鞋箱

皮鞋踏上擦鞋箱
擦鞋童子喜洋洋
感謝過往君子來照顧
擦鞋工作就開場

不管是老　不管是少
工作都一樣
不管鞋破　也不管鞋髒
擦得一樣亮

不停劈拍劈拍響
不停劈拍劈拍響
只要兩毛錢呀擦一雙
皮鞋霎時換容光

勞動服務的歌

街市上的勞力工作者，也有專屬服務業的流行曲。

1968年發行的《鄧麗君之歌》專輯，收錄了一首翻唱曲〈擦鞋歌〉，這首歌描述鞋童揹著擦鞋箱，遊走在街頭廊簷求生，只要遇見穿西裝，有派頭的名流紳士或商行大班，就會湊近問一聲：「先生，擦鞋嗎？」。如果大爺有空，鞋童就會蹲在廊下，為顧客擦鞋。

這首歌初次出現，是1950年代由姚莉為電影《桃花江》演唱插曲，首唱就紅了，而鄧麗君後來的翻唱版本，也為這首歌加入動感舞姿的甜味。

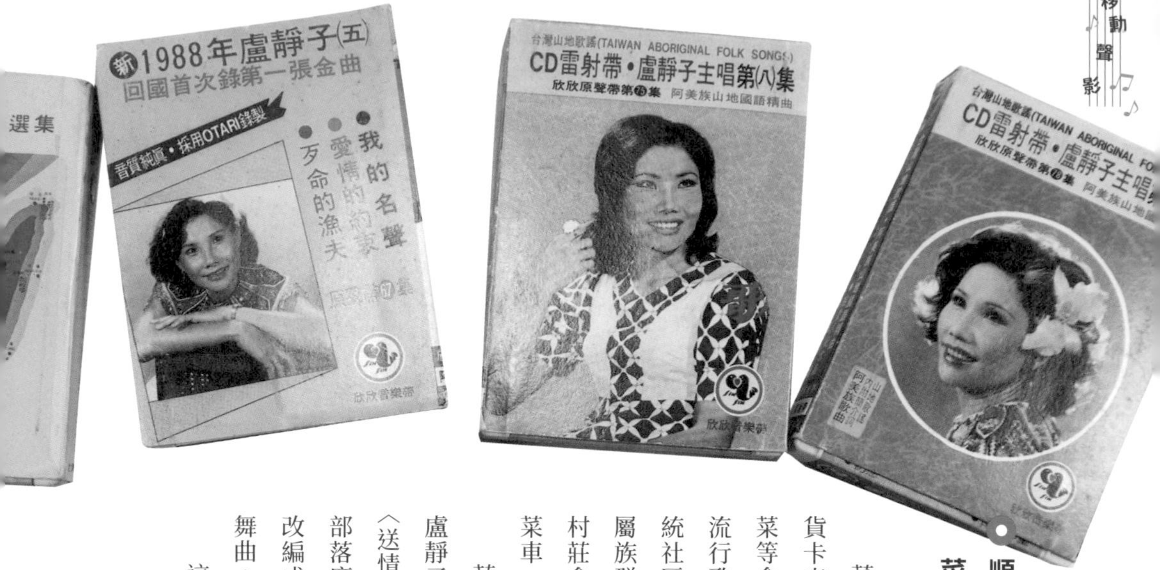

順應地方文化的菜車歌曲

菜車是移動的傳統市場，一台貨卡車後面載滿雞、鴨、魚、肉、菜等食材，車頂上的鐵喇叭放送著流行歌聲，像廣播車般緩緩駛進傳統社區，菜車會播放的歌曲背景，屬族群性的地方歌曲最多，在客家村莊會播客家歌曲，原住民部落的菜車，遠遠就會傳來部落金曲。

花東地區的菜車，大多會播放盧靜子的歌曲招攬客人買菜，其中〈送情郎到軍中〉這首，就是阿美族部落廣為傳唱的歌，更被部落族人改編成歌舞，成為歷久不敗的暢銷舞曲〈阿美三鳳〉。

這些歌曲拉近了與顧客之間的情感，也是語言、身分和區域的認同，它帶來的不只是顧三頓的食材，也是流行的新訊息。早期進入原住民部落的菜車，車上還會兼賣音樂卡帶、CD，小販們將批來的部落歌星專輯，藉由廣播車大聲放送，顧客除了買菜，還可以買到最新的流行歌，生活的消遣和生存的需求都倚賴菜車提供。

結合電影文本的叫賣歌

「有酒矸～倘賣無？壞銅、舊錫、新聞紙、簿仔紙拿來賣……」

在還沒有落實資源回收宣導的年代，「收酒矸」是街市上經常聽見的聲音，一般家庭都會將醬油瓶、酒瓶集中擺放，等聽到沿街喊著「有酒矸～倘賣無？」的攤車來到，家中老小會將這些瓶罐和紙類整理好，賣給專收廢棄資源的小販們，還可以換來幾元錢。「收酒矸」是一個極為勞苦的工作，但也因為這個行業的特殊性，必須以移動方式穿越馬路街巷，因此他們的名字統一都叫做「收酒矸ㄟ」，一句「收酒矸，有酒矸～倘賣無？」這個聲響，也養成人們愛物惜物的習慣。

飛碟唱片在1983年以電影《搭錯車》原聲帶，讓女歌手——蘇芮所演唱的〈酒矸倘賣無〉打下歌壇江山。這首歌是搭配電影中的女主角父親，扮演一名退伍老兵，以撿拾破爛為生，講述社會底層的插曲；曾創下台灣1980年代最賣座的電影之一，也得到第20屆「金馬獎」最佳原作電影音樂、最佳錄音，並以另一首〈一樣的月光〉獲得最佳電影插曲三項大獎等紀錄，堪稱是「叫賣聲」與「流行歌」結合的經典之作。

這個時代，推車愈來愈少，手機愈來愈吵，多了許多便利，卻少了人情世故。

市井生活中，人聲多可貴，當街頭巷尾靜下來時，在城市的陽光和月光下，生活和生存並行，人生和人聲尋常的陪伴著我們的青春記憶。還好我們有這些歌，從歌中去尋找曾有的記憶；那一聲呼喚，叫醒我們的眼、耳、鼻、口、手腳與舌尖，讓感官和感覺，重新「聲」歷其境。

〈酒矸倘賣無〉 蘇芮

酒矸倘賣無　酒矸倘賣無
多麼熟悉的聲音　陪我多少年風和雨
從來不需要想起　永遠也不會忘記
沒有天那有地　沒有地那有家
沒有家那有你　沒有你那有我

熊儒賢，流行音樂及經典民謠推手，文化策展人、演唱會製作人、紀錄片導演、專欄作家、作詞人。自創「野火樂集」音樂品牌，堅信以「有限資源的無限實踐」方式耕作音樂，屢獲各大音樂獎項肯定。

2013年／台南・後壁墨林

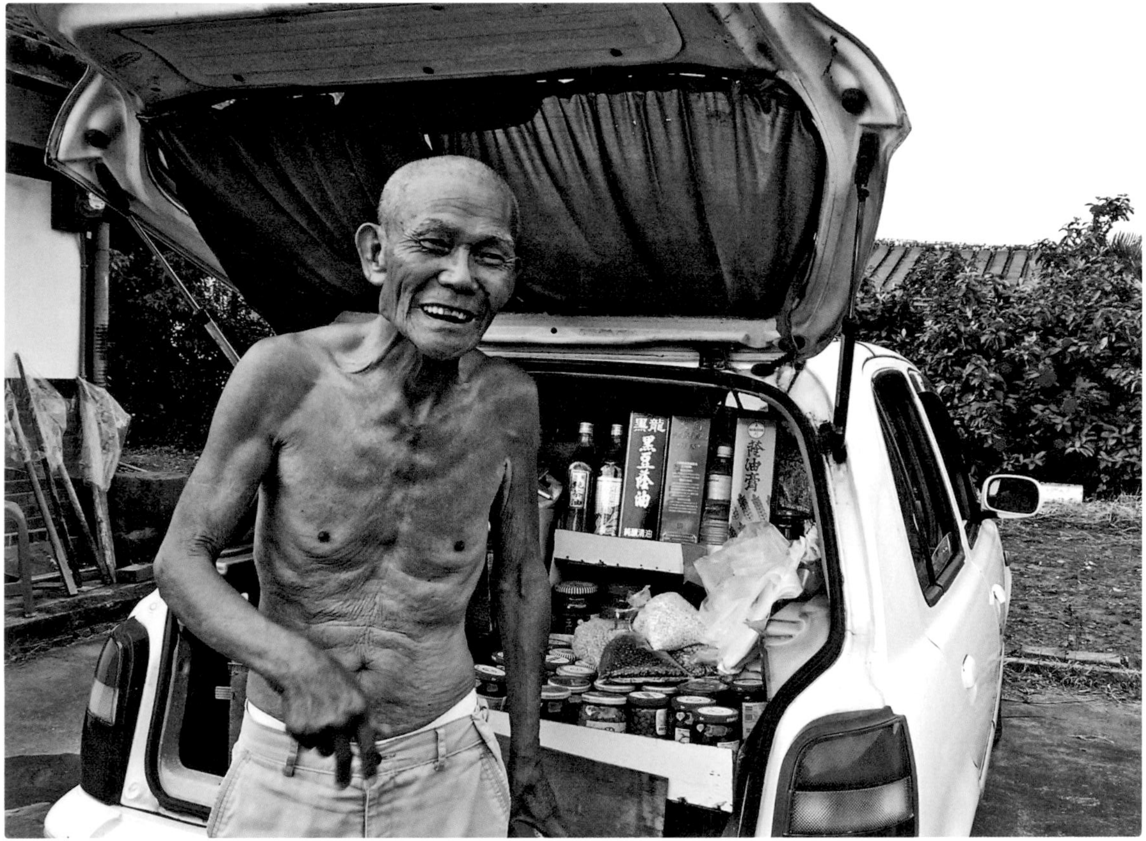

阿伯雜貨車

「最早的時候，我是開著一台貨車賣雜貨，隨著年紀越來越大，兒子不要我再四處奔波，就叫我把貨車轉賣掉。結果貨車賣掉之後，我每天閒在家裡看電視，看出一身病來；心裡還是很想到處走走啊，後來才買了這台March，繼續在附近的鄉鎮四處遊走賣雜貨。」

夜市五金車

「在台灣的夜市裡，像我這種五金車已經都被淘汰。我也很想不要做，可是我跟村子裡的居民都變朋友了，以後若是沒有出來賣，那些老人家要買五金、買電池……就會很不方便。想著想著，每個禮拜五還是會出來擺攤，就當是看看老朋友。」

2014年／台南．後壁後廍

寂寞娃娃車

「以前村子裡小孩多，每次夜市的時候，經過的孩子就會吵著爸媽要坐我的娃娃車，那年代沒有這麼進步，小朋友聽著活潑的兒歌、坐上車子搖搖晃晃轉個兩圈，就笑嘻嘻的好開心！現在鄉下的小孩越來越少，新穎的娛樂越來越多，原本熱鬧的娃娃車也就越來越安靜了。」

2014年／台南．後壁菁寮

2019年／台南・七股龍山

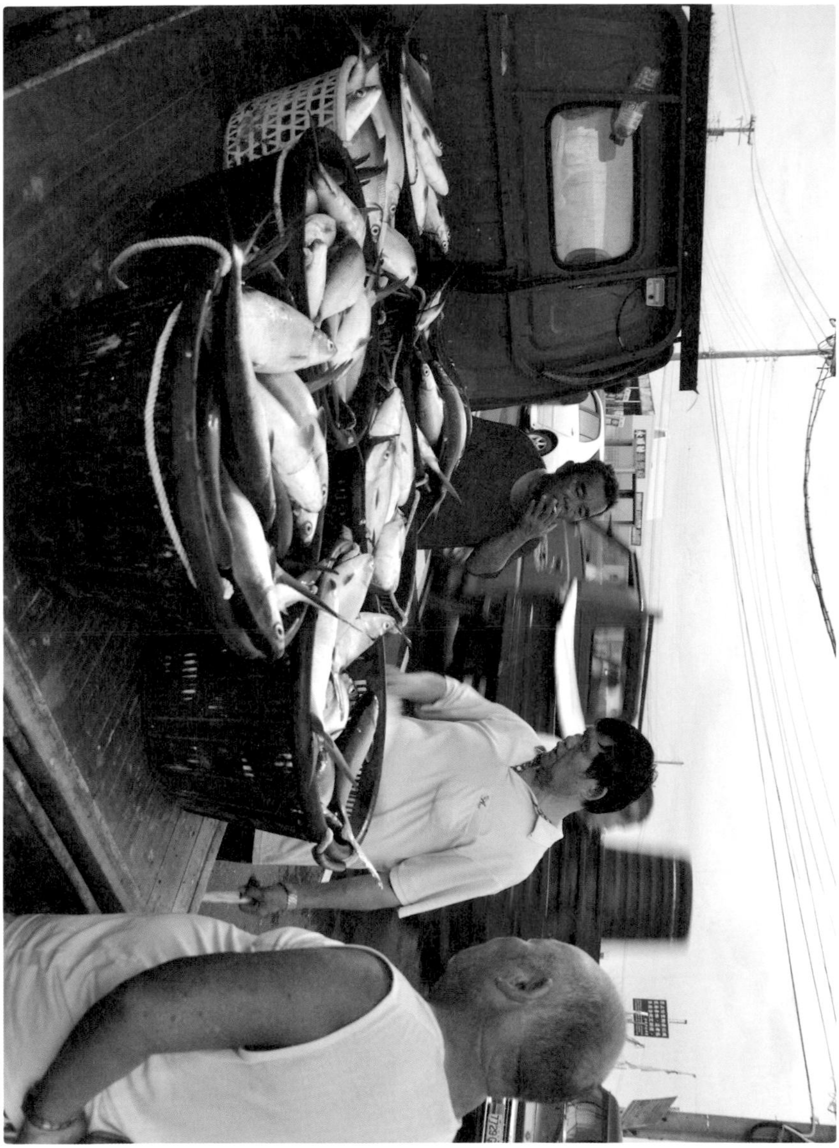

清晨虱目魚車

「虱目魚如果是下午抓起來，晚上運到北部去賣的叫做「晡流嘛」；若是半夜抓起來，清晨送到市場來賣的叫做「暝流嘛」。我車上的虱目魚都是最新鮮的「暝流嘛」，幾個小時前才離開魚塭載來這裡賣，喜歡的話要趕快買，再晚一點你就什麼都買不到了！」

虔誠海蚵車

「這台「銅管仔車」已經好幾十年的歷史了，開起來拼拼蹦蹦的不知道什麼時候要壞掉，所以你看我們都戴著安全帽，既防風又安全！我每天帶著太太去收蚵農的蚵、漁民的虱目魚載到市場這裡來賣，準備的貨數量不多，只要賣完、錢夠用就好啦！」

2019年／台南．七股龍山

蚵寮大酒家

「大酒家在蚵寮賣28年了，一開始是我老爸跟老媽經營，後來老爸到天上去了，媽媽還是一路堅守著。很多釣客會來這裡坐坐，喝點熱湯吃點烤物暖暖胃、喝點啤酒消暑。看著媽媽年紀有了，也不好放著讓她自己顧，所以現在換我接手，繼續陪著大海看夕陽。」

2021年／高雄・梓官蚵仔寮

余嘉榮，高雄梓官赤崁人。曾參與921地震重建、舊山線環境教育、八八風災以及島嶼南方社造工作。2011年與夥伴創辦「透南風」雜誌，開始專注田野調查、攝影寫作，期盼從最在地的觀點，努力書寫台灣的風土美好。

移動中

記憶・販賣車 1

菜販先生，村人喊他歐仔（O-a），姓名皆不知。歐仔的菜攤子在村內馳騁，每日10點30分以前，暫停我家，歷二十餘年，直到某一天，誰也記不清哪一天，他不再來了。此為回憶敘事，回憶一份前網路時代的生活。

移動菜販是鄉下才有的生意。老家在新北市五股蘆洲交界，駕車進鬧市也不遠，然而兀自過鄉村生活。我庄僅千餘人口，無市場和超商，若採購生鮮，村人皆到隔鄰的蘆洲。

只知道歐仔家在蘆洲，實際何處不知道，他每日駕車自蘆洲啟程，沿途賣菜，繞經我村。歐仔的車，由一台打檔摩托車驅動，後頭接鐵架棚車。我家在窄巷盡頭，遠

賣菜事業

文字—洪愛珠
插畫—Hui

與歐仔買菜，是繽紛田園與四季輪轉，送到跟前來。

遠聽見摩托車排氣管聲堵堵堵進巷，伴一男子呼聲由遠而近，聽聲辨位，知道菜販先生正接近。

那聲音是這樣：「O～a～喔、O～a～喔……」

歐仔來了。我的媽媽和阿姨，從家族企業的辦公桌前起身，跨幾步到家屋窗邊，隔窗問外婆是否需要買點什麼。此時通常是上午10點前後，主婦備午飯之前。外婆聽聞，便從廚房走出來，帶上兒時的我。最要緊的是，外公也出來了。

外公已將公司交給舅舅，是退休之人，每日仍襯衫西褲，頭髮油亮在辦公桌前喝茶讀報。他晚年腿跌壞了，舉步艱難，每日僅從房間走到公司，常人一分鐘即抵，外公要用上一刻。與歐仔買菜，是繽紛田園與四季輪轉，送到跟前來。

打檔車熄火，菜販下車。當年的歐仔是50歲上下，寬肩魁梧中年漢子，大捲髮，長年穿白色竹紗薄衫，套褪色深藍色圍裙，足踩藍白拖鞋，今日若還在，應年過八旬。他的聲音沙渾低沉，面貌對孩子來說略兇了點，然而是耐性細膩之人。

歐仔的車，完全是個訂製品。有頂棚，鑄鐵框漆成寶藍色，底層有圍邊，圍邊是20公分寬平台，挑了菜可暫放平台上等待包裝。底層展售菜蔬，上層的矮架則是醃漬物和乾貨。歐仔的貨，放在今日來看，是一個大型攤檔的規模，其選項廣備，高檔品質、服務之到家，回想起來，仍感驚奇嘆服。

家裡人說起歐仔，眾口皆說，他的菜真貴。接著又說，可是值。

作為一位賣菜的遊牧民族，一間瀟灑移動的自營商店，歐仔極度自主，也極度尊嚴，他的攤車整潔，只賣上貨。菜是時令菜，經過揀選，黃爛葉都挑走了，紅白菜頭也洗淨泥塵，顏色皆是水鮮的。

我家與歐仔買最多菜的人，是外公。大家族吃飯，外婆購物須大量，主要上蘆洲大菜市，跟歐仔只買一點應急菜。外公整日不離家園，又難以遠行，跟歐仔買菜，可謂重要調劑，我總覺得他興致盎然。

外公在攤車四周緩步踱著，細細的看，欲買什麼，嘴上指定，並不動手，歐仔就為他拿上來。外公挑剔，凡事有定見，感興趣的食物一年到頭天天吃。不吃的東西，一生不吃。

外公是舊派人胃口，喜吃鹹鮮肥膩食物，一方面食量不大，另是要佐酒。外公嗜吃的醃漬物之一是菜心，鹽漬壓去澀水，用蒜片辣椒醬油醃上。菜心一次買不少，外公付了錢就進屋了，永遠是五百一千大鈔，老先生講派頭，西裝褲不放零鈔銅板。歐仔獨自留下，將菜心削皮，切段包好，連同找零拿進廚房交給外婆。

外公嗜吃芋莖，歐仔也賣，是最鮮嫩的，略略絲過即得。他將芋艿與莖分開袋子裝，因為下鍋時間不同。菜心、芋莖、茼筍、角瓜這類長型蔬菜，包裝陳列不易，唯傳統菜販有售，超市完全不得見。只上超市的人，彷彿選項很豐，實際不然。

攤車有個淺夾層，我現在記得的，放些豆乾、豆皮、豆乾炸、四川榨菜、台式鹹菜、雪裡紅、菜卜、鹹冬瓜、豬血糕、貢丸魚丸、盒裝嫩豆腐、傳統美乃滋。幾乎滿足半數廚房需求。

外公愛買歐仔的鹹菜。鹹菜是芥菜頭最厚的菜幫子醃漬成的。稍微片薄，過水去鹽，和薄能透光的豬五花肉片煮湯，這種湯不必久熬，是速簡的台式滾湯，鹹鮮油潤，鹹菜還保一絲脆口。

攤車尾端，也陳列一板板豆腐，還有幾只鋁製方桶，桶中有碗口大的鴨血、蜆和文蛤。文蛤是最肥的級別，沙都吐盡，可直接入鍋。30年

只上超市的人，
彷彿選項很豐，實際不然。

買賣關係數十年，
未曾問彼此名姓，似乎很熟，其實也不知道什麼。

後市場最肥的文蛤，一斤160。30年前的歐仔即賣120。當時高價，阿姨現在還明確記得。

夏季的菜車上，也賣仙草、杏仁豆腐。媽媽問吃不吃？當然答好。我媽一向將仙草捧在掌心切塊，再手指一鬆，讓烏亮的小方磚滑進糖水裡，小孩在旁看著，覺得媽媽真有本事。

長大了上學去，只剩寒暑假見到歐仔，聽見他的聲音，家族裡幾個孩子都奔出來，圍著他的車吱吱喳。再後來，國高中的寒暑假總是睡的太晚，在屋裡隱約聽見歐仔的車聲，也不再去看。想他永遠都會來的。直到有一天，整個家族裡誰也不記得是哪一天，他不再來了。

歐仔曾經天天來我家，和咱們雖是買賣關係，也有交誼。一旦失聯，從此音訊全無。人與喜愛的店鋪，關係時常是這樣的，買賣關係數十年，未曾問彼此名姓，似乎很熟，其實也不知道什麼。突然關係中止，彷彿踩空台階，心裡空洞洞的。

近來，由於肺炎疫情，大家網購更頻，網購鮮蔬本來不易推動，一時也興盛起來。我反而更想起歐仔，和他那台車。那真是充滿個人意志的移動賣菜事業。念及那份個體戶的自由，行動辦公的快意，小型資本的聰明與彈性。以及，曾經人與人之間，毫無芥蒂的接觸。

洪愛珠，1983年生，新北市五股人。倫敦藝術大學畢。平面設計工作者，大學兼任講師。工餘從事寫作，以記舊時日、家常吃食與人景。著有《老派少女購物路線》。

記憶·販賣車 2

印著人生足跡

Grocery Truck in Memory

文字—彭顯惠
插畫—Hui

彭顯惠，已婚，育有一子一女。雖然先生在農村種米，但最喜歡的還是吃肉。因為之前開的店收起來了，而開始挖自己的過往寫字賣錢。

猶記著小時候，星期六午睡時刻，總會出現一台小發財車，在大街小巷穿梭，喇叭裡放出來的叫賣聲是：「修理紗窗～紗門～～～修理紗窗～紗門～～～」。通常是男聲夾雜著車聲隆隆的作響，每到一處房子較多的地方，就會停下，讓這聲音大肆放送約2～5分鐘，如果沒人出來應承生意，車子就慢慢地開走；若有誰家正好壞了紗門紗窗，修理期間，老闆也會頗有社會道德的把擴音器關掉。

這成了我幼時聲音記憶裡最不可缺的一塊，因為那時間我通常被父親押著午睡，才剛要朦朧入睡，車子就來了，被吵了一陣，睡意也散了，但父親卻很神奇的恍若未聞，中間不曾醒來過，被吵醒的我又下不得床，只能瞪著天花板直到父親起身，所以我心裡並不喜歡這叫賣車，只覺得擾人又煩人。

直到有一天，家裡陽台的紗門壞了，拉也拉不動，用力拉就整扇掉下來，那個星期六父親特例沒有午睡，等那聲音從遠處渺茫的出現，立即喚了母親下樓等待，因為父親是不會講台語的。

我聽到母親爽朗的聲音喊著：「頭家！頭家！停一下！」然後車子嘎然而止，車門砰的被打開，窸窸窣窣從車斗取金屬的聲音，然後老闆充滿活力蹦蹦蹦的兩階當一階踏進我們家，黝黑的臉上堆著笑容。父親還抱雙手，看著母親指著陽台的紗門說「歹去啦」，老闆很迅速地把整扇紗門拆下，略一檢查，就拿出槌子起子虎頭鉗等工具，半蹲半跪的修理起來。

黑黝黝的老闆邊修邊繼續堆著

換好的紗門，那份白森森的清潔感，著實讓人愉快。

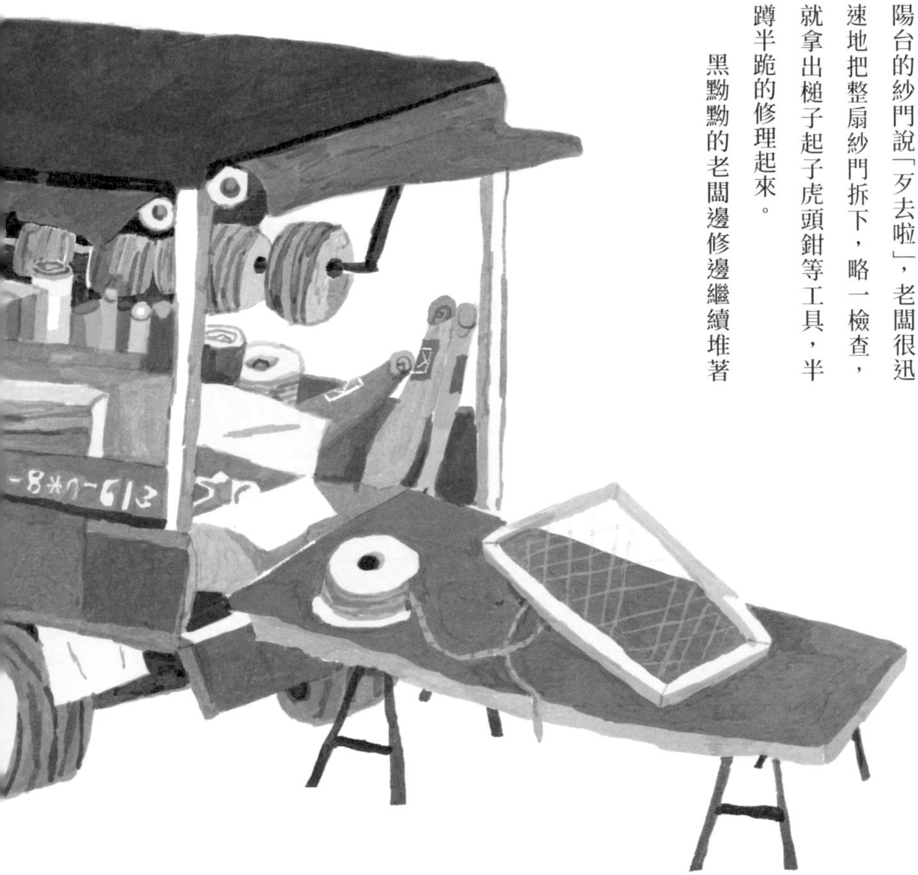

車子的輪跡，

笑容問母親：「頭家娘，上面的窗紗一起換掉好唔？辣煞辣煞。」我看著父親皺起了眉頭，母親卻當沒看到，親切的跟老闆說「換換換。」我知道父親是不高興的，因為家裡的清潔都是他在做，但我也知道，就算他對母親再怎麼不滿，在外人面前，他都不發一語，這是愛面子個性使然。

老闆拉到生意非常高興，從旁邊各式窗紗裡挑出一捲白的，我這才想到，紗窗紗門上的紗原本是白的，是家裡真的太久沒換才變成灰黑色的，就算父親怎麼勤快的刷洗，久了這些紗原本的白還是無法回復，隨著日子一天天，逐漸有氣無力的灰敗。數年後，我才想起父母親間的感情，在那時已經很不好了。

我撫著那潔白的紗門，心想，若這白，永遠都不髒多好。

換好的紗門，那份白森森的清潔感，著實讓人愉快，以致讓我忘了老闆收錢離去後，父母親在換紗窗紗門的叫賣廣播聲中又大吵起來的喧擾。我撫著那潔白的紗門，心想，若這白，永遠都不髒多好。

等我逐漸長大，換紗窗紗門的廣播聲逐漸退出我的生活，不知道是這行業已經不流行這樣做生意？還是室內空調和氣密窗，佔領了他原本的位置？

直到我結婚生子，全家移居到宜蘭員山鄉，廣播叫賣車才又重新出現在生活裡。

我們一家居住在一個小小的村落，距離宜蘭市不算遠，但對很多老人家來說，卻也是有相當距離的路程，於是我看到賣魚賣肉賣菜的車子出現了、賣服裝的車子出現了、賣農具清掃用品的車子出現了、賣麵包餅乾的車子出現了、磨菜刀剪刀修理雨傘的車子出現了，然後，我熟悉的修理紗窗紗門車子也出現了。

我的兩個孩子最愛的當然是麵包車，車子上放的絕對不會是得獎麵包，製作麵包的師傅也不是享譽國際的台灣之光，更不要說麵包裡過多的泡打粉香精工業果醬等等。但我卻不想隔斷兩個孩子雀躍的心情，因為我也同樣有過那樣的期待，在一堆草莓克林姆花生肉鬆紅豆芋頭菠蘿麵包前，捏著5塊10塊的零角子，想著該怎麼取捨的興奮。

這些叫賣車，在農村生活除了提供便利性以外，更是很多老人孩

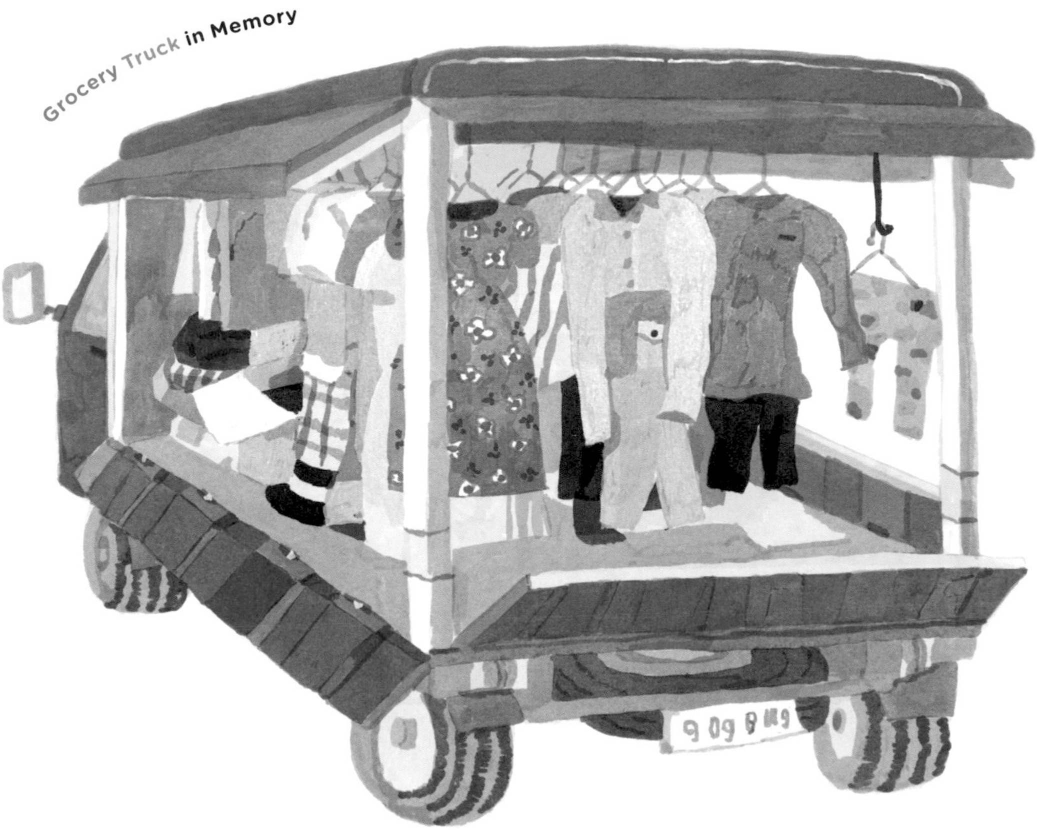

車子來了，人與人的連結就開始了。

子翹首期盼的生活趣味。

車子來了，阿公們拿著壞了傘骨的雨傘或斗笠走上前，跟老闆聊著村子裡水源的情況，和今年夏天可能來的颱風；車子來了，煮飯人拿著鍋子去盛豆簽，順便跟其他煮飯人聊起黃家長游家短；車子來了，阿姆們捏著花花的錢包，拿起花花的衣服在彼此身上比畫，順便聊起上次吃喜酒時穿的那襲衣衫……車子來了，人與人的連結就開始了。

從城市到鄉村，從童年到成人，叫賣車隱晦的在我生活裡出現、消失又出現，原來，那車子的輪跡，也印著我人生的足跡，雖不知道會駛向何方，但拖拖沓沓也是生命的軌跡啊！

移動販賣車行進在筆直寬敞的省道上，拐個彎，駛進了曲折的小道，或者蜿蜒的山路，進入一個又一個小村莊，放慢速度、短暫駐足。

移動販賣車，在賣什麼呢？賣一個便利、一個味道、甚至是一個想望……

提到移動販賣車，一般人很容易想到的就是菜車吧。確實，在花蓮的許多小村莊，菜車每日、或每隔幾日會固定來巡迴。但是，像奇美部落這樣真正在山裡的阿美族部落，菜車反而很少進來，移動販賣車可能不是以一般人想當然爾的邏輯在運行。

那麼，還有哪些移動販賣車會長途移動進到村落呢？

記憶·販賣車 3

村落移動車

文字—吳明季
插畫—Hui

賣一個想望的

麵包車、賣包子饅頭、賣土虱、賣沙西米、五金雜貨車、賣藥的……還有一種不是販賣車，是移動收購車，每隔一段時間會進來村落挨家挨戶收購寶特瓶、鋁鐵罐、廢紙箱、破銅爛鐵等。

無論是移動販賣車或是移動收購車，他們都不是在做功德，也都要顧及自己的生計。能夠長期固定行駛在鄉間、村落的移動販賣車，必定是看到某種需求或商機，並找出一種商業模式，形成他們自己的生存之道。

找出一種商業模式，形成他們自己的生存之道。

國家的勢力真正進入東台灣，是1895年日本殖民統治以後，然而，商人的勢力則早個幾百年就進來了，最早進入東台灣的商人是跟國家勢力結合在一起的。

依據藍鼎元1732年出版的《東征集》記載，1693年有一群人（陳文、林侃等人）因為颱風漂流到花蓮（後山崇爻）一帶，前後居住了1年多。2年後（1695年），基隆地區的通事賴科、潘冬等七人「晝伏夜出、度越重山」，走陸路抵達花蓮，查探做生意的機會。

當然，他們跟清國政府稟報的是，通事們辛苦跋涉來到花蓮招撫原住民，讓原住民歸附清國。

當時，清國政府透過極具統治意涵的「番社餉」作為治理原住民的手段，並認為有納「番社餉」的部落已經歸附清國。但什麼是「番社餉」呢？「番社餉」是由承包商至原住民部落交易，所得的部分利潤做為社餉繳納給官府，官府則視之為對原住民的徵稅。這種間接統治的方式，以原住民的觀點來看，可能就只是漢人商人進來部落做生意，以鐵鍋、槍枝、布料等貨物跟部落交易當時在國際市場很受歡迎的獸皮（或其他物品），原住民並不認為自己已經歸附清國。《東征集》也記錄民間的社商或私人貿易者，常用蟒甲（獨木舟，大者可乘十餘人，小者三、五人）載貨進入花蓮各原住民部落，用布、菸、鹽、鍋釜、農具與原住民貿易。

19世紀初，《享和三年癸亥漂流臺灣チョプラン島之記》一書，無意間記述了秀姑巒溪出海口在當時是台灣東部的海陸貿易交通要衝。當時清國對台灣的治權並不及於東部，但已經有漢人商人在此地活動。這本書很珍貴的記錄下當時秀姑巒溪出海口阿美族人製作貝珠的工具與方法，並與紋面族群（應是指太魯閣族）及布農族交易。

當時秀姑巒溪口一帶，成為各地物產交易往來的中心點，有固定居住在此處的漢人貿易商在這裡控制商品進出，也有季節性固定往返恆春和秀姑巒溪口的貿易商船。距離溪口僅10公里的奇美部落，已經透過獸皮等交易，進入這個貿易關係中。透過物品交易，漢人、阿美族、紋面族群、布農族、外國人在秀姑巒溪口產生各種互動。當時正值大航海時代，各國船隻經過此地的可能不少，這本書也記錄到外國船隻經過此處的狀況，即便是當時採取「鎖國令」的日本與朝鮮，仍有許多漁船或貨船遭遇風暴而漂流至秀姑巒溪口。書中記錄當時原住民仍有獵首行動的同時，也證明東台灣原住民部落在19世紀初期，就以這種方式接觸、並進入了世界經濟體系。

然而，21世紀花蓮的移動販賣車進來村落，已經不再倚靠船隻，而是倚靠公路。道路在台灣邁入經濟起飛的年代之後，成為各地方政府最喜歡投入的基礎建設，如今已

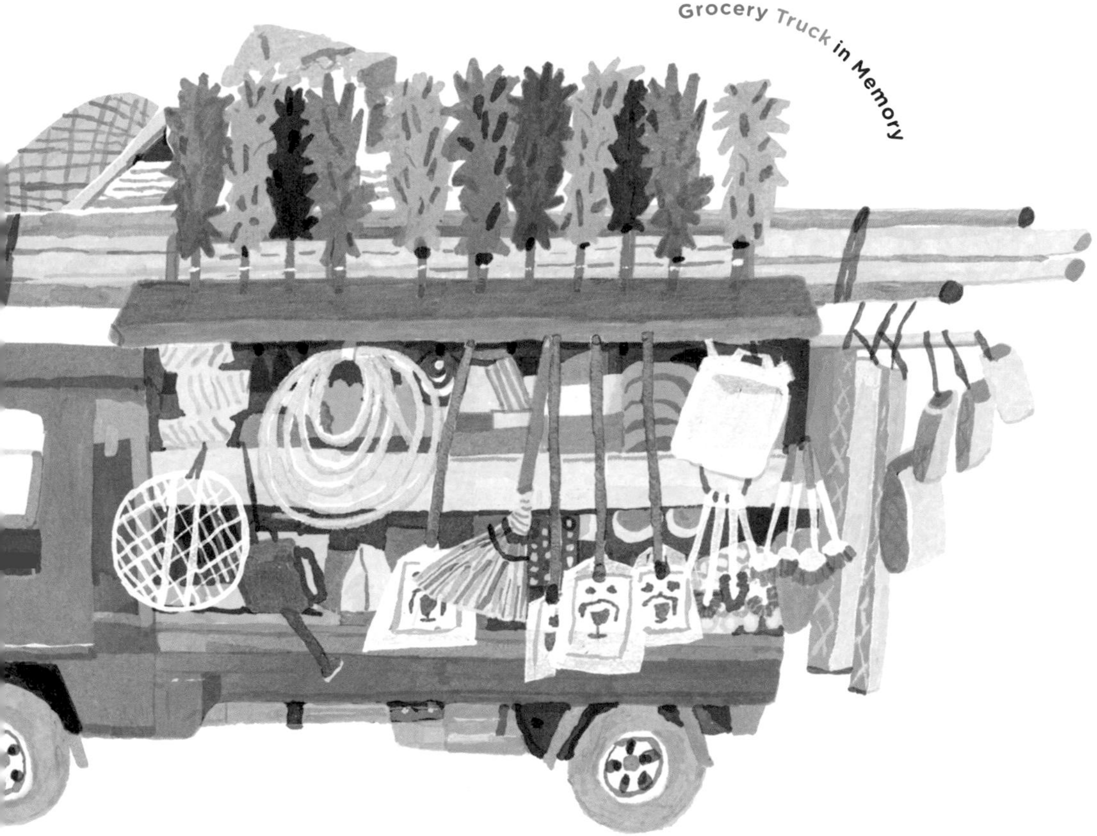

當時秀姑巒溪口一帶，成為各地物產交易往來的中心點。

罕有村落是汽車到達不了的。公路基礎設施建設，促進了商品、思想和人的自由流通，並與「進步」的想像連結在一起。然而，對花蓮各地的小村落而言，「進步」是透過道路將人快速帶離家鄉，成為都市的勞動力，轉換成現金，再購買商品（家電、住房、各種消費物品……）回來家鄉，改善物質生活，構成所謂「進步」的想像。

移動販賣車會駐足的小村落，幾乎都是青壯年離鄉到都市工作，村莊只剩老人和小孩，且離最近的小鄉鎮也有10公里（以上）的距離。這樣的村落，在整個花蓮很多。村莊或許有雜貨店，但對居民日常消費所需仍然有所欠缺。老人家或許偶爾會到鄰近的鄉鎮市街採買，但他們的交通工具多是摩托車或老人的賓士（農用搬運車），還是會有諸多不便。尤其像奇美部落這種沒有公車到達的村落，我常常看到老人家開著他們的賓士，噠噠噠噠～慢慢晃到最近的鄉鎮市街——瑞穗（距離奇美部落約12公里），然後去看病、繳電費、到公所辦事、採買一個禮拜的菜和生活用品、還載著空的瓦斯桶去買瓦斯，再載著新的瓦斯桶回來部落，然後再到瑞穗市場吃麵……總之，好不容易去了一趟瑞穗，所有該做的事情都要盡可能的辦完，這樣一趟下來，幾乎就花了大半天。

所以，當載著五金百貨的移動販賣車來到部落，居民發現居然有賣辦桌那種圓桌和有靠背的塑膠椅——而且以不可思議的方式收納在空間有限的移動販賣車裡，這對部落居民——尤其是老人——很有吸引力。這種方便收納的桌椅，在一般阿美族的家庭裡非常好用，能應付家族成員各種因換工、年齡階級或家族的聚會。而且憑村莊老弱婦孺之力，並不容易自己到外地購買和載運回來。

村莊或許有雜貨店，
但對居民日常消費所需仍然有所欠缺。

還有一種移動販賣車，載著滿車的五金百貨、日常用品，但真正的目的是為了賣藥——或者說賣一個想望。這種移動販賣車來到村莊，會先繞行整個村落廣播，說明在村莊某個地點（或某人家裡）有好康放送。當居民聚集到該處後，就開始舌粲蓮花、搭配贈送日用品來賣藥——很奇怪的，所販售藥品幾乎能治百病，從高血壓、心臟病、糖尿病、到關節退化、失眠、心悸、腹痛、胸悶……都可以治，而且還不便宜。

除了藥品，還會賣醫療保健用品——例如價值12萬，賣給你3萬塊，有神奇磁力的束腰。還有居家安全用品，例如有一次我在家裡煮飯，賣藥的移動販賣車老闆居然跑到我家廚房，說我們家老人花了6000元（原本的價值在老闆口裡可能被吹噓成好幾萬元）買了居家安全的瓦斯開關，要幫我們換。我一看，只是很普通、附安全按鈕的瓦斯轉換頭，市價絕對不可能達到600元。趕緊聯絡老公，然後由年輕人扮黑臉，退了這個神奇的瓦斯開關。

Grocery Truck in Memory

老人家的想法很簡單，平常年輕人不在家，希望家裡能夠平安，身體能夠健康，在村莊裡就醫又不方便，不要給孩子添麻煩。這個時候，移動販賣車來賣藥，不如說是抓住老人的心理——老人的各種疼痛，如果能靠吃神奇的藥品就能抑制，那麼為什麼不呢？這和買便利或買個嘴饞不同，老人家這時候買的是一個想望。但這時，移動販賣車賣的又是什麼呢？

吳明季，奇美部落文化發展協會總幹事，東華大學族群關係與文化學系博士候選人。從嘉義嫁入花蓮奇美部落，長期推動部落工作，身為第一線的實踐者，對花蓮與阿美族部落有深刻的體悟和觀察。

行動超市一日誌

文字、攝影—施清元

對許多宜蘭人來說，
「喜互惠」這家創立於1991年的生鮮超市，
是他們不可或缺的生活風景，
甚至有畢業生，選擇來此拍學士照。
18間分店都在宜蘭境內，北至頭城，南及南方澳，
喜互惠現在還想要透過機動方式：
一輛載滿商品與期待的行動購物車，
深入宜蘭更多角落，落實他們的企業標語
——「一家購物，全縣服務」。

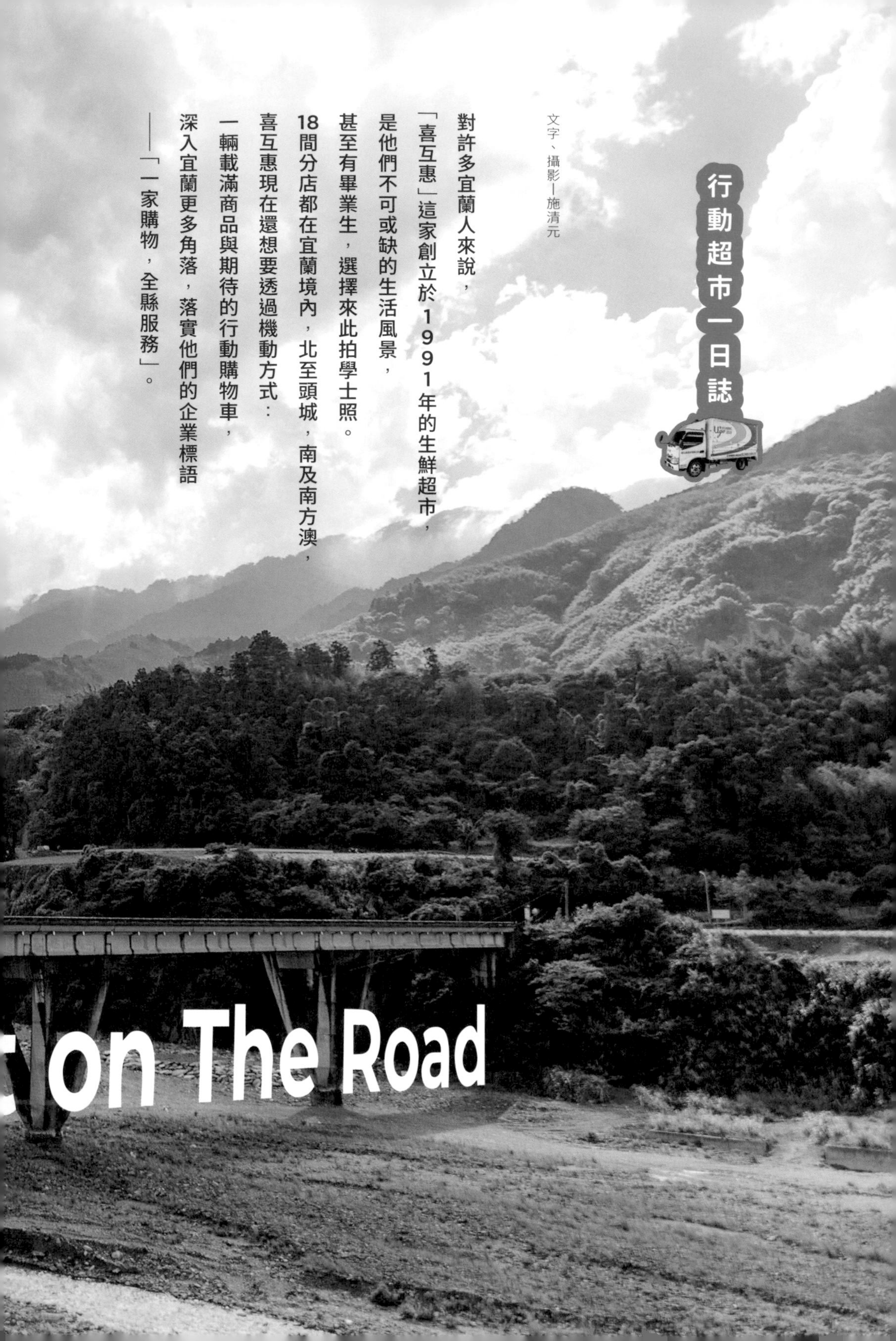

on The Road

叮咚！
沒問題，
商品會幫你
送過去！
Supermark

Route 1

前置作業

早上9點，UGO優購行動超市的店長游孟欣，一到喜互惠規模最大的文化店打完卡，便拿出手機打開LINE，準備將購物群組裡的種種願望，Key入表單。

區經理張海山說，行動購物車的契機，是發現某些顧客結帳時總是金額龐大，一問才知道，每隔一、兩週，為了生鮮蔬果牛奶衛生紙尿布，他們就得專程從山區開兩三小時的車過來購買。感受到他們迫切的需求，於是先以發財車，載著約一千種商品，於2019年開始了行動購物車的服務。然而，發財車載運容積有限，比起店內逾兩萬種商品的豐富度，初期客人反應並不如預期，直到LINE群組的導入，才有了改變。

喜互惠每兩週印刷一次的廣告單，隨著派報上山，民眾看著傳單，便透過LINE向游孟欣「點菜」，公司投資將發財車升級為3.5噸貨車的空間，也變得能更靈活運

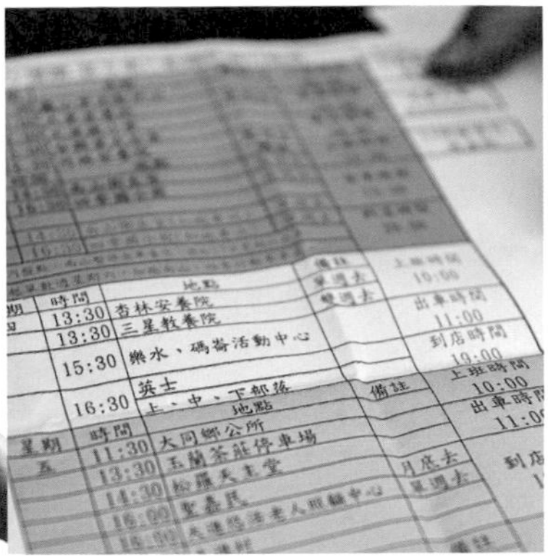

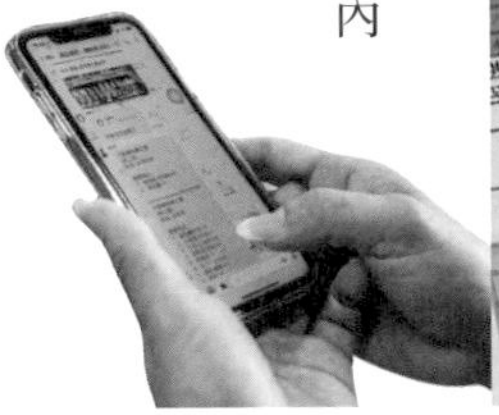

用，除了常備店內暢銷品為主的四千種商品，剩下的，全保留給鄉親客訂。

而令人驚訝的是，一般行動購物車（例如日本的とくし丸）的售價，會稍微加成以反映營運成本，但以「社會回饋」為出發點開始的UGO服務，竟然連傳單上的特價品、抽獎都照樣提供，「我們對偏鄉設站不會考慮成本，目前雖然還沒獲利，但還是持續尋找駐點。」張經理熱誠回答。

Route 2 出車

司機與負責收銀作業的車掌理好貨後，帶著午餐上車，出發，訂單多的時候，甚至店長也得開著備用貨車，跟著出動。

剛開始推行時，據點只有大同鄉松羅村與大溪漁港兩處，一山一海，而後好評開始發酵，行動超市也不再侷限於物理意義上的偏鄉。除了在兒童節到國小扮演行動福利社，縣內的安養院，也是他們週二到週六滿檔行程裡的另一個重點，特別是最早設站、後來在臉書上幫忙宣傳的聖嘉民長照中心，住民們多半行動不受限，在宜蘭田園間頤養晚年，若有行動超市來，就不用再麻煩子孫幫忙買東買西，保有解決自身需求的自主性，也算是生活品質的提升。

Route
3 車程上

比起在店鋪工作，開行動購物車除了需要駕駛的專注力，也得兼備業務員的溝通協調力，所以相當辛苦，不過游孟欣樂觀地說，在這些蒼鬱蔥綠的山野間開車，身心彷佛有了額外的假期。

在一片綠意間，行動購物車的塗裝清晰好認，也因此發生過這樣的插曲：有次游孟欣開著車趕行程，後頭的小貨車卻三番兩次鳴喇叭，當時以為自己碰上了惡意逼車，只好找路邊停下，沒想到後車的駕駛跑來，客氣地說：「我們是要上梨山種水果的農民啦，拜託讓我們買一下補給品好嗎？」已經流了滿身冷汗的他與車掌相視苦笑，「好啦，你們要買什麼？」敞開貨架，在公路旁開起了夢幻般的期間限定商店。

01:00PM

Route 4

南山部落

今日駐點1

經過兩個半小時的車程，「您好，這裡是喜互惠行動超市，我們有跟店面一樣價格的生鮮、蔬果」的宣傳聲終於在家戶期盼下，抵達第一站：泰雅族南山部落（Pyanan）。還在搬運貨籃，摩托車便陸續駛近，準備待會搬貨回家。

這邊年輕族群多，訂單也多，是目前UGO行動超市業績最好的據點，其中，鮭魚切片、魚頭這類海鮮人氣特別高，就算有人訂了沒來拿，也馬上就賣得掉，「畢竟這裡只有一間全家，而最近的市場在羅東，開車至少要2小時」，笑容滿面的族人大哥說，有了行動超市後，自己做菜的頻率也上升了呢。

當然，比起得考慮民生需求的大人，小孩們則是單純地歡迎「行動超市＝果汁棒・餅乾・可樂」的到來，除了自己拿菜籃、挑選食物的食育功能外，有限的零用錢能買多少零食，也從中學習到與大人交涉的技能。

03:40PM

Route 5

四季部落

今日駐點2

南山買氣太過熱烈，消化完結帳長龍，到河對岸的四季部落（Qalang skikun）時，天色已漸暗，不過人氣依舊。當初游孟欣來此探勘，想找村長交涉駐點場所時，人

在山下務農的村長聞訊，馬上驅車趕回來，握緊雙手「好好好，拜託你們喜互惠一定要來」的熱意，反映了村裡幾無商店，除了派出所外，連郵局等公共服務也缺乏的現況。

停留期間，有的村人一邊開手機直播，詢問家人還要補買什麼，也有剛從學校下課回來的青春少女，急忙由母親載來，仔細挑幾款晚上讀書拌嘴用的小點心；而事先透過群組訂了一堆食品、在河邊種西瓜的大姊，一結完帳，馬上打開調味海苔包，吆喝廣場上嬉戲的孩童過來吃，分享的美德，不會因購物不便而減損，但行動超市的出現，確實讓一個個啃著海苔的笑容，變得更加閃耀，也讓分享的選擇更加豐富。

04:30PM

Route

6

返回店內

等行動購物車開回文化店時，早已經過了一般人的晚餐時間。

將幾乎被掃空的貨籃卸下車、歸位，游孟欣的手機又開始叮咚叮咚響，得再進去超市，幫大家拍一輪想要比價的商品，上傳完，才終於能吃他忘記吃的午餐。不過每一聲叮咚，都代表著一個對於明日生活的期待，雖然辛苦，行動超市明天依舊還是會載滿貨，奔馳在宜蘭的各個角落。

FIN. ← 07:50PM ←

行動就是進擊
ACTION 1

港口邊的東南亞書情記

文字—李盈瑩
攝影—Kris Kang

ADVANCING INFO

行動車來源
自購約150萬

改裝費用
70萬

出車時機
平日在東北角沿線漁港不固定出車，偶爾受邀外縣市演講也會順便出車

作業時間
花費數天整備物資，出車前將書籍排列上架。若是物資發放，約半小時就可發完；書車閱讀或卡拉OK則不一定，視移工想待多久

人員配置
貓哥1人

清晨天色甫亮，
貓哥便到鄰近漁港採買新鮮漁獲，
一路上與相識的漁工熱切打聲招呼；
午後，他跨上檔車前往海灣，
潛至海面底下，
剪除纏繞於珊瑚礁間的廢棄漁網。

昔日曾在清華大學經營書店與餐廳的貓哥，
這些年落腳澳底，
生活在他所關懷對象的日常風景中，
有了固定據點的基本分，
此時行動車反倒像進擊的加分題，
向東南亞移工傳達生活仍有的美好與溫暖。

澳底擁有豐富的珊瑚礁生態，是定居的考量之一。
1 因熱愛海洋與浮潛，而投入淨海的貓哥。

人稱「貓哥」的林群，早年在台北師大路經營「蘇格貓底二手書店」，2006年受邀回母校清華大學進駐開店，除了延續二手書與咖啡簡餐，也興辦沙龍、音樂會、夜貓子電影院等人文活動，林群回想這13年的歲月：「當時的服務對象幾乎都是學術貴賓，鎮日遊走在high-brow culture（高眉文化），彷如漫步在雲端，與現在扎根地方的庶民生活截然不同。」

由於自小在花蓮光復長大，與哥哥到豐濱海邊玩水，成了日後最深刻的童年印象，加上16歲便北上基隆念高中，因此當結束清大的事業後，熱愛海洋及潛水的林群選擇定居在貢寮的澳底，人生繞了一大圈再次回到東北角。

1

因海洋呼喚，落腳澳底

2019年來到澳底，林群以經營民宿與網拍漁獲為生，閒暇時就自發性地淨灘淨海，他隨身攜帶潛水專用的剪具，將海面下覆蓋在珊瑚上的廢棄漁網、漁繩剪除，有些難纏的漁網清理起來格外費力，期間得不停浮出水面換氣，上上下下忙了一個多小時，也曾遇過幼魚誤入手扒雞塑膠手套出不來的情形，或是被海廢纏繞早已一命嗚呼的海龜。雖然憑藉一己之力進行海洋保育的進度十分緩慢，但對他而言，珊瑚能救幾朵是幾朵，小魚能救幾隻算幾隻。

雖然最初設定以海洋保育及珊瑚復育為主軸，但生活了一段期

2 自掏腰包替漁工設置的鐵皮屋澡堂。 **3.4** 行動車上的書籍，以東南亞語言為主。 **5** 閱讀、喝咖啡、卡拉OK、領取物資，書車承載著各種可能。

2

間，林群發現鄰近漁港充斥不少東南亞移工，他形容發現時「心中不免大喜！」彷彿誤打誤撞來到一個行動書車最能發揮效益的地方，與他希望關懷的主題簡直一拍即合。

談起行動書車的淵源，可追溯至清大「蘇格貓底」時期，當時除了經營書店餐廳，也將敞篷貨車改造為簡易書車，三不五時就驅車至偏鄉推廣英語學習計畫，後來林群在2017年受到東南亞主題書店「燦爛時光」的創辦人張正所影響，開始思索，或許比起偏鄉英語教育，東南亞閱讀文化與生活服務似乎是更迫切、更邊緣的議題，為了堅定決心，他購入更堅固美觀的行動車，並向友人借錢改裝為書車，花費數個月跑遍東南亞各國採購童書繪本與文學書冊。

共築家常互動的生活圈

然而林群也坦言，相對於女性移工或新住民，漁工對閱讀的興趣較低，而且因為長年在海上生活，日常物資更為缺乏。近年他除了維持行動車的閱讀服務，也針對漁工投其所好及所需，增添卡拉OK設備與物資分享，花大把時間整理募集而來的保暖衣物，也自掏腰包購買鞋子與東南亞泡麵、零食，驅車前往東北角沿線的大型漁港分享物資，或在港邊開設行動卡拉OK，提供漁工在辛苦工作之餘也能擁有休閒娛樂。

以往出車，難免會遇上觸及率偏低的情況而感到失落挫敗，然而現在的他，自身的生活圈即與東南亞移工重疊，這份日常的相處與累積帶給他難以取代的踏實感——「我很喜歡這種感覺，與我想要關懷的族群生活在一起，日日堆疊出家常的互動。」放假時，漁工會帶朋友來店裡，把他介紹給友人認識；偶爾林群路過港邊，熱情的漁工也會邀他上船享用剛做好的印尼料理。因為有了澳底這處固定聚所，心中彷彿有基本分，每回出車能提供多少服務都是加分，無論借出幾本書、遇到多少目標對象，只要能持續做就夠了，這之間沒有量化的績效，亦無成敗之分。

用善意，擴散小小的漣漪

透過日常的朝夕相處，林群深諳漁工的深層需要。一日清晨他前往澳底漁港採買漁獲，瞥見熟識的漁工站在甲板上洗澡，冷冽寒冬，即便是燒過的溫水沖淋到身上，當刺骨寒風陣陣襲來，依舊是一場場折磨。且因為是露天洗滌，他見漁工必須身著四角褲洗澡，而一旁遠道而來的女友就坐在港邊等待，一份關乎於尊嚴的不堪之情令他倍感憤懣，決心要替漁工解決問題。

他向在地鄰居租了塊地，花了十來萬搭建兩間裝有熱水器的洗澡間，讓漁工能在冬日好好洗澡；然後一不做二不休，他想起曾有漁工

表明希望能有一處可進行信仰活動的空間，於是又找來貨櫃屋，結合書屋形式，讓移工有一處能安靜閱讀、靜心祈禱的心靈空間。

每回有東南亞移工來店裡領取物資，四、五個正埋頭翻找衣物的移工之中，總有一人會抬起頭來，帶著疑惑不解卻同時充滿感恩的眼神凝看林群，「語言不通加上害羞，他們不太懂得用言語表達感謝，但從眼神我能感受到。」對林群而言，無論是漁工、看護工或新住民，投入這些事情想傳達的無非是——「或許整個社會，或你的公婆、先生會歧視你，你會覺得難過，但都希望因為我所做的事情、因書車所提供的服務而受到鼓舞，感受到純良的善意。」

6 貓哥以一己之力投入，希望透過行動帶來改變。 7 生活在澳底，採以最日常的姿態關注移工。 8 運用海廢裝飾民宿一隅。

林群說：「有時偏見與歧視是本能的，是不經思辨的，我們要給這個世界一點時間。」而社會透過個人如漣漪般的擴散力量，或許也一點一滴正逐步改變。

進擊POINT

1 來自家鄉的文字讀本

粉紅色的鮮亮車體，貼有東南亞各國的國旗及歡迎詞，行駛到各地都是極其醒目的存在。一些嫁來台灣的東南亞女性，可以在這裡找到有趣的繪本故事，用熟悉的母語念給孩子聽，來台的家庭護工也能在此喝杯咖啡、選本書來閱讀，忙裡偷閒找回曾經遺忘的時光。

台灣新二代的族群為數不少，能理解並尊重母親的語言文化，是重要且不該被忽略的事情，這些年透過民間的公益力量，政府也開始在語言選修課程排入新住民母語，讓孩子從小認識母親的語言，將來也有機會培育跨國雙語人才。

2 繽紛熱情的南洋卡拉OK

海上艱辛的工作完畢後，若能高歌幾曲來自家鄉的流行歌最是放鬆！貓哥的行動車特別裝設卡拉OK機台，請廠商灌入充足的印尼歌、泰文歌及英文曲目，趁夏季傍晚漁工作業空檔的晴朗之日，驅車前往港邊，讓漁工們一次唱個夠。

這日前來捧場的是印尼籍的Mui與Arno，兩人在夜釣小管的觀光船工作，稍晚深夜將準備出航，上工前先在此歡唱，讓港邊傳來陣陣充滿南洋熱力的流行曲目，貓哥十分自豪：「這大概是全世界唯一一輛，以東南亞移工與新住民為主體的複合式行動車了！」

3 分享物資傳達暖意

來自熱帶國家的移工來台工作，通常都只備有短袖衣褲，在冬季濕冷的東北角顯得格外不足。貓哥透過網路募集保暖衣物，雖然接收到來自各地的善心，卻也摻雜不少狀況惡劣的衣物，讓他頗為感嘆，也耗費許多時間整理。

至於出車時機，貓哥會抓準天候惡劣、海象不佳，或每月初1、15大潮之日漁工不出港的日子，載著滿滿的衣物、鞋襪、棉被、泡麵、餅乾，前往宜蘭大溪、基隆深澳等漁工聚集的大型漁港分送物資，平日也會有一些小型漁港的漁工，透過朋友的資訊分享，搭公車來店裡自取。

4 來杯咖啡找回少女心

許多嫁來台灣的新住民女性，鎮日在家務勞動、照顧小孩、協助顧店之間忙得昏頭轉向，或是專責照顧阿公、阿嬤的外籍護工，絕大部份都是相當年輕、20幾歲的女性。貓哥認為：「一台行動車足以承載並顯露生活中的各式美好，如果連我都能在克難的戶外環境用機台現場煮一杯咖啡，或許也能提醒這些每天在生活打轉的年輕女性，不要忘記生活裡仍有許多小確幸，也別忘了要對自己好一點。」

5 東南亞露天電影院

有多少錢做多少事，因此貓哥的書車功能與硬體是一點一滴緩慢升級，近期他預計添購白色布幕，到港邊及公園播放東南亞電影。他向曾在印尼工作、熟悉當地文化的台籍朋友請教片單，不管是悲傷的電影還是歡樂喜劇，總之希望移工朋友們與新住民能來這裡大哭大笑、釋放壓力。

語畢，貓哥突然想起先前買的投影機還被鎖在書車櫃子裡，採訪途中即刻撥打電話請朋友協助處理，行動派的貓哥似乎永遠都有日新月異的點子，時時刻刻多線敘事，活力充沛！

跟著披薩裡的

行動就是進擊
ACTION 2

山羌，走進南迴

文字—王巧惠
攝影—邱家驊

ADVANCING INFO

餐車來源
程何玉霞女士捐贈，裕隆集團媒合車體改造及視覺設計

改裝費用
商業機密

出車時機
平日固定在南迴夜市巡迴，週二太麻里夜市、週三大武夜市、週四土坂夜市。參與活動以台東地區為主，如月光海音樂會、台東慢食節等，也曾受邀參加屏東、台南、花蓮等外縣市活動

作業時間
餐車備料到出車約2小時（14:00-16:00），每次出車擺攤時間約4小時（16:00-20:30）

人員配置
一般出車為餐車夥伴3人，分別負責鋪料、煎抓餅、窯烤及顧客接待。如有大型活動，會另找協會夥伴增援，連同備料需要4～5人

飲食是日常生活的一部分，
也是呈顯文化切面的一種方式。

位於台東最南端的達仁鄉，
人口以排灣族為主，分屬六個部落。
從土坂部落出發的TAKEC餐車，
以窯烤披薩為主力商品，在披薩融融的起司底下，
在清涼的夏日飲品之間，全是在地作物與野味。
餐車沿南迴公路上飄香，
以現代飲食風格，挾帶部落的風土滋味上路。

農務班長騎上檔車，從社企農場出發送野菜。

暮色漸漸籠罩山城，晒過整日豔陽的土坂部落還泛著餘溫，TAKEC餐車已進駐坂道，俯瞰家園亮起點點燈火。餐車夥伴合力開張，土地之珠造型的柴窯燒出陣陣熏煙，時有路過的族人佇足話家常。放學的孩子從南迴協會的愛心巴士下車，趄過小小的週四夜市，隨手買片墨西哥披薩或九層塔抓餅，為課後輔導加菜。

餐車原點，是為了指引回家

去年上路的TAKEC餐車，正式名稱為「迴家不南——南迴協會公益餐車」。以南迴意象打造車體，排灣三原色交織而成的大武山，綿延在盡收眼底的台東藍，太麻里的曙光高照，指引族人回家的路。

由醫師徐超斌創辦的南迴協會業已10年，「本來就有在思考做什麼樣的計畫可以吸引青年返鄉，同時實現我們想做的部落共餐。」總幹事張小雲與協會夥伴幾經嘗試，2019年正式成立「Paqeljing」捌個零社會企業，以幫助、扶持地方產業為目標，將善心人士捐贈的貨車改裝為餐車。取名自招牌山羌（Takec）披薩，「打個吃」讓美食帶著走，也帶回部落的青年。

下午2點，餐車夥伴憲民、怡婷與春娟已在部落廚房備料，今年甫加入捌個零團隊的他們，以30、40、50歲的組合搭擋出車。由於社企現階段仍需要公部門資源輔助，專案經理張淑媚坦言，配合勞動部多元就業發展方案及內部考核，去年的餐車夥伴僅沿用一名，然而該名夥伴也因個人規劃離鄉。經歷換血的TAKEC餐車，4月以前都忙於長出新的骨幹。

鎮守部落廚房的鄭主廚，也是團隊新血，除了餐車菜單研發，也及協會各個共餐據點的料理與佈菜；在異鄉擁有豐富餐飲經驗的他，為了年邁的父親搬回部落。「以排灣族來講，長嗣要照顧原本的老家。」淑媚是家中長女，回到部落已經2年。無論是協會裡的行政人員，或是廚房裡的工作夥伴，這些為部落出力的青壯年，共同的身影都曾背離家園。回家，是為了照顧留在部落裡的家人。

不可能有這麼原味的披薩

雨後的道路旁、田野間，盡是撿蝸牛的婦女；下了山的獵人，肩扛山羌送到辦公室。TAKEC餐車背後有捌個零的經營，更有整個土坂部落的支持。「去年我們剛開始營運是叫村長廣播，請全部落的人有空就來試吃。」由Ina傳授家常三杯雞的炒製秘訣，向部落小農收購作物，餐車從在地取材，更要確保在地口味。

餐車現由社企夥伴與主廚共同研發菜單，也參與台東慢食節的慢食學院課程，不斷精進、創造兼具在地性的美味料理。今年以南迴穀物三寶——樹豆、小米、紅藜為主題，開發黑、白、紅三色披薩餅皮。餅皮上鋪墊的蔬菜，則由農務班長產地直送進部落廚房。

TAKEC餐車使用的蔬食配料，主要來自社企農場收成的野菜、番茄、糯米椒、南瓜等作物，每一口都吃得到食材的原始滋味。以土地生態復育為目標，農務員在作物周

1

1 窯烤披薩需時時轉動或移位，以達控溫效果。 2 總幹事張小雲（上）與社企夥伴邱雅茜（右）、張淑媚（左）。 3 農務員手起葉落，採收的野菜瞬時填滿揹籃。 4 餐車出動之前，夥伴們在部落廚房揉麵備料。

2

3

4

邊種植忌避植物防蟲，在休耕區域種植綠肥養地，社企農場與四時並進，與自然共生。

社企經理邱雅茜帶領遊人從餐桌回到產地，一一辨識排灣族傳統作物。「自然農法的田，農務員每天最常做的事就是拔不完的雜草。」進山採集也是農務員的工作之一，或將原生植物移種至農場，或採集製備隨車販售的野菜盒，這些工作都仰賴山林經驗的累積。

「社企聘任兩位部落長者在農場擔任農務員，帶給我們很多老一輩的知識，他們也習慣這樣的生活。這也可以讓老人家有第二個職業，讓他們覺得『我還可以，我還被部落需要』。」藉由長者的記憶與技藝傳承，讓傳統飲食文化不致失落。

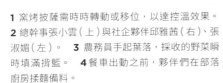

在路上，以行動持續做夢的力量

不畏豔陽，小雨徐行，TAKEC餐車不放過每一次出車的機會。當餐車開進各大活動，以野味披薩打開知名度之際，南迴夜市裡最熱銷的反而是三杯雞、墨西哥等現代口味，不僅孩子喜歡，連vuvu都「不要Dingding（排灣族語，蝸牛）、不要Takec」。TAKEC餐車的菜單，同時滿足外地人與族人嚐鮮的慾望。

經過一年半的行動，出車路線自反覆的重新計算中，逐漸找到自己的路線。「現在的運作當然是以披薩為主，但燒窯還有很多可以製作的食物，今年也打算研發新的窯烤烘焙料理。」TAKEC餐車不僅是宣揚協會理念的載體，與南迴地區族人合作開發的產品，也藉由餐車的行動向外推廣。

5 TAKEC餐車從土坂出發，要讓部落風味遍地開花。 6 剛出爐的限量披薩，單日最多供應200片。 7 不只供應餐飲，餐車也兼售野菜與社企產品。 8 夥伴合力點起燈光與爐火，TAKEC餐車正式開張！

「餐車可以說是我們的行銷管道，把我們的東西帶出去。但原物料會買的人比較少，必須做成二級、三級產品，讓人帶得走，我們的曝光率也會比較高。」總幹事推銷起新興部落的段木香菇與南田部落的野蜜，不斷推動餐車挑戰新事物，只因對於生長於斯的一切深具信心。

作為一個社會企業，捌個零取之部落、用之部落，希望將收益回饋到協會的各項關懷服務。雖然革命尚未成功，收支尚未平衡，捌個零因餐車而有了做夢的力量。南迴協會將繼續下一個10年，陪伴部落長幼；由捌個零導航的TAKEC餐車，今後也將一直在路上，沿途為眾人的味蕾撒上排灣文化的種子。

進擊POINT

1

三色餅皮的秘密

捌個零向部落小農收購穀作物，包裝設計為社企商品，也利用這些穀物研發餐車新菜單。今年新開發的三色餅皮，紅色來自人稱「穀物界紅寶石」的紅藜，將紅藜研磨成穀物粉，比單用穀粒製作的香氣更足。白色餅皮摻了糯小米，菜單上的Dingding披薩是小米和蝸牛的組合，與部落傳統料理——搖搖飯（Pinuljacengan）有異曲同工之妙，是主廚心目中的料理絕配。黑色餅皮所使用的黑樹豆富含花青素，由於成色較深，窯烤時須更加注意火候。傳統食材的味道不僅勾起族人的鄉愁，也讓外地人直接品嚐南迴三寶的滋味，增加穀物商品的買氣。

使用部落在地食材

2

TAKEC餐車的食蔬配料多取自社企農場，有時農場供應不及，就到部落雜貨店、早餐店門口收購小農作物，隨時補足餐車所需，且自備產銷履歷。

去年農場自行養殖土雞、鬥雞，除了做成徐超斌醫師親自開發的刺蔥炸雞，成為餐車熱門餐點，也在網路上販售肉品。然而養雞成本高昂，今年養雞場已拆除重新養地，改為和部落養雞戶契作，「一樣是吃這裡的水，一樣是在這片土地上生長。」顧客吃下的不僅是新鮮、飽含靈性的原形食物，更可嚐到部落獨有的風土。

3

舌尖上的部落體驗

不只是從產地到餐桌，今年社企農場更進化為「原住民傳統文化植物體驗園區」，在餐車淺嚐部落文化之後，也歡迎到農場進行深度體驗。

「社企農場種的都是我們祖先以前在山上會吃的，回歸到以前的生活，盡量貼近大自然。社企今年提供園區導覽體驗服務，其實也是這個疫情時代開始的新型態生活，提供都市人回歸自然的體驗。」雅茜規劃的部落文化體驗行程，將帶領遊人採集野菜，認識排灣傳統民族植物。藉由品嚐部落廚房代煮的風味餐，參加與部落社群「神弓隊」合作的彩繪彈弓活動，實際感受屬於土坂的步調，從生活認識排灣文化。

4

推動小農合作產品

隨餐車出擊的社企產品，除了南迴三寶，還有刺蔥粉、野蜜等，都是捌個零與土坂及周邊部落族人共同合作的成果。

刺蔥（Tjanaq）是原住民常用香料，一般用於煮湯時調味。捌個零出品的刺蔥粉，是由兩位農務員在山野採集，或向地主收購而來的野生刺蔥，經過全日晒乾燥後研磨而成。野蜜來自南田部落的獵人上山採集而得的百花蜜，在不同季節有不同的滋味與質地。TAKEC餐車在夏日推出的野蜜檸檬，即以這款產品與部落小農種植的檸檬調兌，是月光海音樂會不可或缺的軟性飲料。

5

環保包裝的前世今生

做為根植於土地的社會企業，捌個零的精神是「自然、環保、在地共生」，在產品包裝上，也務求減少資源的浪費。因應南迴協會10週年推出的拾穗紀念禮盒，採用減法設計，以穀物的原色與簡單的麻繩提把相互搭配，刪去多餘的包裝，也更方便隨手帶著走。

其實，真正零浪費的做法當屬祖先的智慧。在TAKEC餐車上擺賣的野菜盒，承繼了這種兼具環保與美感的設計。農務員將當日採收的新鮮野菜，以姑婆芋葉包裹，紮上月桃莖，就是最天然的無塑包裝，鮮綠的賣相令主婦加倍心動。

行動就是進擊
ACTION 3

冰淇淋魔法，

文字—邱宗怡
圖片提供—小鎮冰淇淋

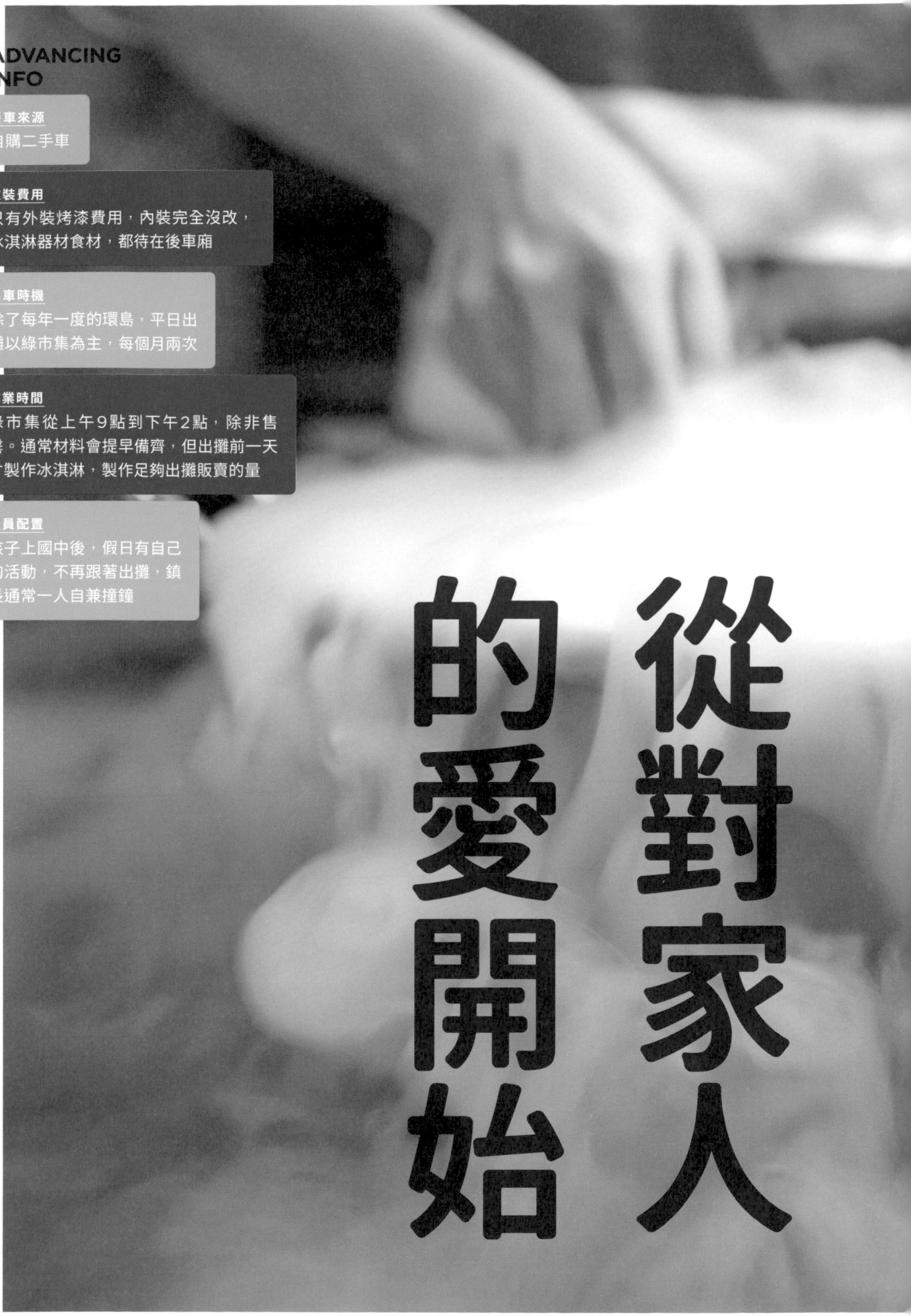

從對家人的愛開始

ADVANCING INFO

餐車來源
自購二手車

改裝費用
只有外裝烤漆費用，內裝完全沒改，冰淇淋器材食材，都待在後車廂

出車時機
除了每年一度的環島，平日出攤以綠市集為主，每個月兩次

作業時間
綠市集從上午9點到下午2點，除非售罄。通常材料會提早備齊，但出攤前一天才製作冰淇淋，製作足夠出攤販賣的量

人員配置
孩子上國中後，假日有自己的活動，不再跟著出攤，鎮長通常一人自兼撞鐘

彷彿月亮週期的潮汐牽引，
每個月第二與第四個週六，
清華大學平日清幽的成功湖畔，
便會湧現人潮，
匯聚成一個熱鬧的市集。

「小鎮冰淇淋」是其中一個攤位，
湖水綠廂型車
和現場製作冰淇淋時的煙霧瀰漫，
讓攤車彷彿糖果屋，
而冰淇淋是魔法。
只是，這個冰淇淋魔女不騎掃帚，
她開車，把冰淇淋魔法
直接送到各個角落的孩子面前。

1

1 攤名又稱「魔法媽媽冰淇淋」，因為最初就是做給自己孩子吃的。
2 用攤車方式經營，不但可以跑市集，還能將幸福魔法載去環島。

「本來我也是帶著孩子去綠市集玩的媽媽之一啊」，小鎮冰淇淋老闆、自稱「鎮長」的侯世環回憶冰淇淋車緣起，這一切，都是從當媽媽開始的。

2

她在交通大學攻讀博士班時，一雙兒女相繼出生，儘管也曾掙扎於學業與母職間，終究在先生的充分支持下，確認自己更想要將時間與心力，花費在陪伴孩子。全家一起做麵包、露營、逛綠市集，連他們家的第一球冰淇淋，都是爸爸帶著孩子做的。每次看孩子跟冰淇淋一起融化的表情，世環就會被打動，想把這種幸福的感覺跟人分享，「於是2015年底，我們就向綠市集申請攤位啦！」

她坦言，會以廂型車作為攤車，起初完全是成本考量：不必店租，而只需要購進一台二手車，以及換色烤漆。至於內裝，「完全沒改，因為這是我們全家要坐的啊」，何況後座正是孩子的空間，「一定要舒服，否則就本末倒置了。」

前幾年，孩子還在念小學時，會跟著她一起出攤，幫忙布置，但不一定會顧攤：「他們有自己在市集想玩的，也會去找自己的朋友」。世環從不認為孩子需要陪她出攤，一方面一個人就顧得來，也鼓勵孩子自主行動。畢竟，不論綠市集還是冰淇淋，都是為了擴展體驗。

分享，不只在地還能移動

某次市集日，一個坐輪椅的孩子跟著家人一起來吃冰淇淋，讓她想起了媽媽特教班上的孩子。媽媽本來是國中歷史老師，在考了特教師資後轉為特教老師。那是一個不尋常的決定，她還記得媽媽的朋友說媽媽傻：「怎麼挑一個這麼辛苦的工作。」小學時，媽媽會帶著她到特教班上，她還記得，年紀小小的她，在那些孩子身邊，突然懂得自己有多幸福，因為那一切「並不是他們能選擇的。」

她想起了分享的初衷。但要怎麼樣讓無能選擇也無法自由前來的特教孩子們，也能享受到融化前，那短暫瞬間的幸福感呢？「他們不能自己來，那就我們送過去」，先生一句話點醒了她。有能載著全家人與冰淇淋上路的攤車，就有了充分行動力，而且方向盤就握在手上，於是她決定，讓小鎮不只在地還能移動，以鎮長身份將冰淇淋車開上環島分享的公路！

3 環島行動除了為特教孩子，也在教自己孩子，付出的魔法。　**4.5** 除了「無添加」與「在地」，堅持選用友善種植或有機的食材。　**6** 簡單的攤位與單純的用料，反而需要不簡單的堅持心意。

6

4

5

於是2016年，冰淇淋車元年暑假，鎮長聯繫了幾個特教或弱勢兒少收容機構，展開「第一屆小鎮冰淇淋環島之旅」。一路南向，從彰化的喜樂保育院、台東的海山扶兒家園、救星教養院，到花蓮的黎明教養院、善牧棕樹學園，將冰淇淋帶給每一個院生，甚至老師、照護員們。那一年，大兒子小學三年級，差不多正是當年她在媽媽特教班上的年紀。

這些機構除了收容孤兒、教養弱勢家庭的特教兒少，也有家暴少女的安置庇護，機構社工為保護院童，對外界參訪的態度通常嚴謹。難道沒有被機構拒絕過嗎？「從來沒有被拒絕過耶」，好幾次甚至還收到社工傳達的院生的期待。哪怕特別保護安置者的機構，在對同行人員及活動細節再三確認過後，也歡迎著他們：「今年也是全家人一起來嗎？兩大兩小嗎？歡迎你們，也非常謝謝你們今年再想到我們！」，讓鎮長深深感到被信任。

於是每年的暑期環島，成為小鎮一家與機構院童們，一年一度的冰淇淋之約。

創造生命交會的轉變

連續4年的環島行，發生許多讓鎮長印象深刻的事。在市集就會幫忙擺攤的兩個孩子，環島時更是得力好幫手，幫忙搬運、布置、分發冰淇淋、協助拍照記錄等。第一次到喜樂保育院，兒子就與一個比他個子稍高、但行動不便的大哥哥聊了起來，事隔一年再度出發，他向鎮長透露了心裡的牽掛：「好期待再見到去年一起聊天的大哥哥，他還在『喜樂』嗎？不知道他好不好。」哪怕交會短暫，也讓年幼的孩子，看見有些不一樣，但本質上又沒什麼不一樣的他人，而想要靠近，甚至掛念。

環島時，鎮長會帶著液態氮上路，在現場製作冰淇淋。液態氮一碰觸常溫，會立刻湧出白雲般的煙霧，對孩子們來說簡直就像巫師在變魔法，煙霧散去，冰涼甜蜜的冰淇淋就出現了。這個魔法只有鎮長可以變，因為極低溫的液態氮是有危險性的，唯有一次，棕樹學園庇護的一個少女正在接受烘焙職訓，

從募款的踴躍，到機構師生的信任與感謝，連結起各方的愛。
7 孩子的笑容是一切行動的動力，環島冰淇淋車會繼續開下去。

也想學習冰淇淋，鎮長轉而從旁指導協助，讓少女可以親手操作。回憶這件事時，本來開心的語調卻突然有些哽咽，鎮長的臉上有著媽媽的神情：「想到那些女孩還這麼小，就特別心疼。」

行動的真諦，是愛的延伸

在成為鎮長之前，甚至在成為媽媽之前，世環曾經想從事學術工作與教學，也曾覺得為了孩子犧牲自我。如今回頭看才發現，好在當初自己選擇了「為孩子行動」這條路，才能對自己與人生始終保持開放，更認識自己，也珍惜所有當下的時光。甚至，還回頭連結當年的媽媽，做著與媽媽相似的事情，將她幼年的體會，藉由創造環境，也傳遞給自己的孩子。

至於未來，由於成本太高，直至今日都沒能達到損益平衡，平時經營是否維持攤車形式其實隨緣，環島任務卻是無論如何都想繼續的。儘管在這樣疫情的時代，今年可能將繼去年之後，再次暫停環島，但那是因為：「不能把風險帶給院生、帶給家人，因為小鎮冰淇淋最初就是從對家人的愛開始的。」

從對自己孩子的愛，擴展到對別人家的孩子；對自己孩子的保護，推進到給其他孩子的保護。將愛，以各種形式延伸，推己及人地傳遞出去，

這或許就是，行動的真諦。

進擊POINT

1 以「想讓我孩子吃什麼」為標準

參與綠市集的攤商須符合「不能有添加物」，以及「選用在地食材」兩個標準，但作為小鎮冰淇淋的「鎮長」，世環對食材治理有更嚴格的標準，正如她所強調：「高品質的健康食材是冰淇淋美味的根本。」

因此她盡可能尋找有機材料，例如百香果、藍莓；以及在地食材，如屏東的巧克力與台灣的香草莢。沒有蛋黃與乳化劑、增稠劑等改良配方，只加有機糖與四方鮮奶油。位於苗栗竹南的四方牧場，就在本身住家頭份附近，而且完全沒有添加物。堅持這個標準的原因很簡單，「這就是我會想要讓我孩子吃的東西」，只是以媽媽的心意，實踐著初衷而已。

2 尋訪食材串起新連結

有機百香果種植在距新竹不遠的苗栗卓蘭山間，鎮長便與綠市集的理事們一同拜訪農友，現場看百香果栽種的環境、水源與鄰田狀況，既能傳遞消費者期待，也感受生產者實地施作的用心。

至於芒果，遠在台南楠西，儘管依自然農法、安全用藥選擇合作農友，畢竟無法產地參訪，於是2017年環島期間，小鎮家便借路途之便，親自拜訪了楠西合作的芒果園。2018年再訪時，看到當令生產的芒果品質極佳，還直接寄了兩箱芒果到花蓮的棕樹學園，跟師生們分享。而果農在得知環島行動後，隔年竟然主動聯絡他們，直接贊助當年環島冰淇淋所需要的全數新鮮芒果。

以2019年的環島為例，依照各機構院生總人數，需要650球冰淇淋，這還不包含老師或照護員。所以每次環島行程確定後，鎮長會在臉書專頁公布消息，並在綠市集攤位旁擺放看板海報，邀請民眾參與認養。

3 將消費者帶到行動現場

環島期間則即時將活動照片公布在粉專上，不僅讓認養冰淇淋的朋友確認，小鎮已經使命必達；也讓認養人感受到自己的一己之力如何被帶到現場，兌換成某個孩子的笑容。一些人養成主動認養的年度規律，一些父母也藉這個機會，讓孩子學習付出。就曾有一個孩子把自己的小撲滿整個帶到市集，他說著「我要認養冰淇淋」時的認真神情，讓她印象特別深刻。

4 環島行傳遞正能量

2017年初，台灣通過零安樂死政策，但在繁殖場與棄養問題並未解決的狀態下，動物收容所成了源頭未解的最下游，收容嚴重超載。遺棄動物的收容，同弱勢孩子的收容，都讓小鎮一家人關心，因而2018年的環島增加了兩個動物收容所的點，讓認養者的心意，透過冰淇淋的營養與熱量，為辛苦的獸醫師與動物照護員們補給正能量。

「正能量的加乘」，就像鎮長在臉書寫下的，是「a的n次方，a>1時，最後會趨近無限大，當我們增加對社會的付出越多次，最後成功將是無限大」。微小的能量蓄積、傳遞，最後能匯聚出巨大的能量，小鎮的行動攤車正是扮演傳遞能量的關鍵角色。

5 一年一會的使命感

東部資源相對較少，或許因此，小鎮一家對東部有種「捨我其誰的使命感」，每年必要依約前往，因為「東部的孩子會等著我們再去看他們」。其實載冰淇淋到東部，甚至現場製作冰淇淋，是個困難的任務。車上得載兩台冰箱、兩顆行動電池、一桶液態氮，以及現場製作的食材；每晚得特別找汽車旅館，才有方便使用的電源插座，讓他們將兩台冰箱卸下插電，並幫行動電池充電。

雖然一年只見一次，到第3年時，台東海山扶兒家園一個屆齡18歲、即將離院的女孩，竟向鎮長徵詢未來生涯的建議。一年一會，竟也看著院生長大，成了院生眼中信任的大人，鎮長在心中默默許下，要讓行動更為久長的承諾。

是味道／是生命／

文字｜曾怡陵
版畫｜旗美社大、馬若珊

移動販賣車在每個人的生命中留下或深或淺的痕跡，
提供的也許是快捷便利的主食，
也許是餵養身心的及時雨。
對謝仕淵、林阿炮兩位關心飲食文化的學者來說，
販賣車如何成為救世主般的存在？

也是地方活力的攤車

遊牧攤味

About Food Truck

販賣什麼樣的「轉大人」滋味？
透過移動，對地方產生什麼意義？
談笑間，堆疊出食物的色香、老闆的生命史，
並且看見流動性給予地方的多元性格。

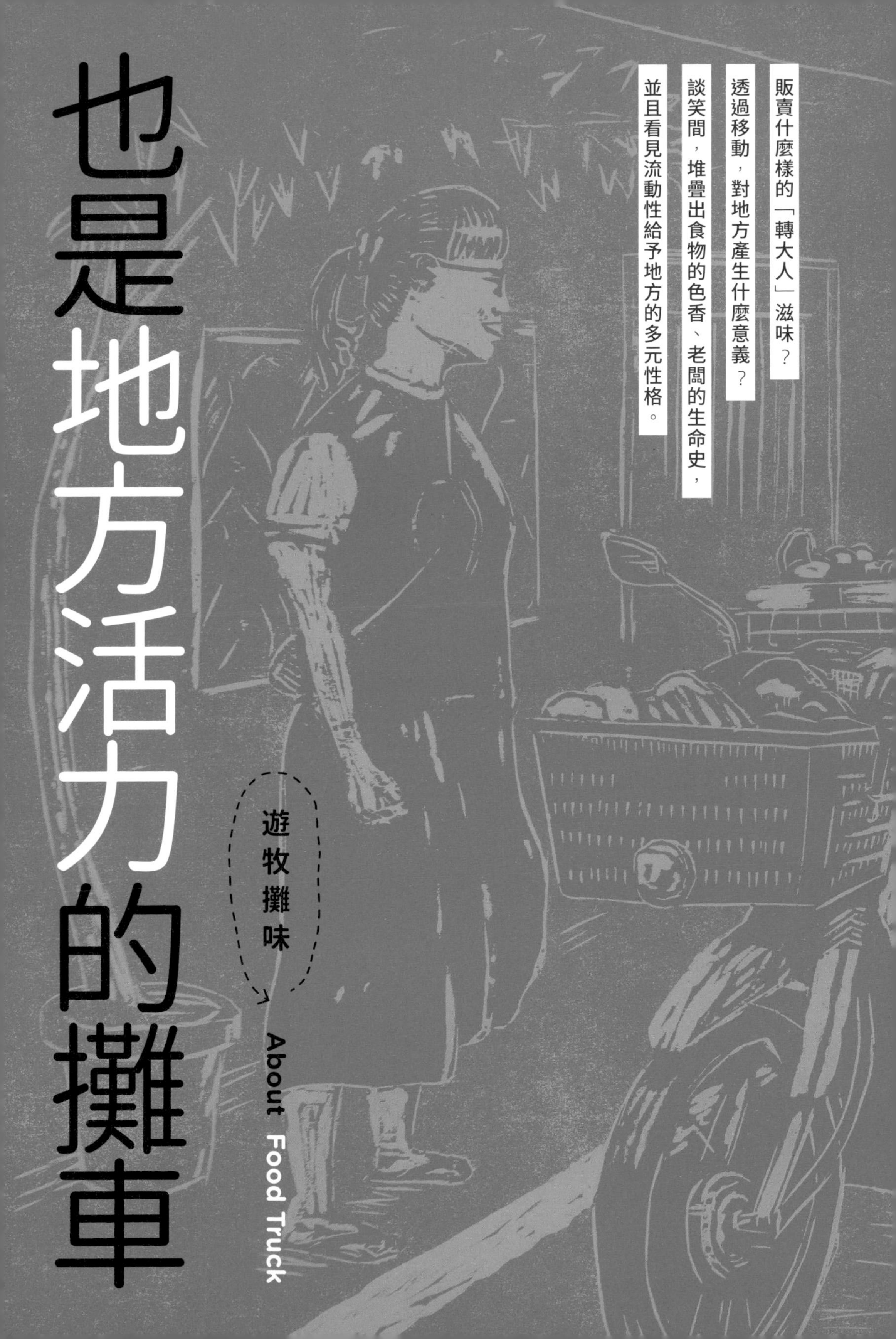

謝仕淵，台灣師範大學歷史研究所博士，曾任台灣歷史博物館副館長，現為成功大學歷史學系副教授。生長在以聚餐為密切交集的家庭中，常不遠千里找美食。以飲食文化掙脫地方書寫的套路，曾出版《府城一味》。

——請兩位分享生命經驗中的移動販賣車，及與自身的關聯。

我們這些在高雄鳥松、仁武與鳳山一帶長大的小孩，年輕時多有到加工出口區或衛星工廠勞動的經驗。最深刻的記憶是那些跟隨每天奔忙著上下班、成百上千輛摩托車移動的早餐車。對於那些要移動去上班、怕打卡遲到的勞工而言，早餐必須拿了就走，餐車提供很大的便利性。我屬於六年級前段班，當時西式早餐很少，多是粥、麵線羹、飯糰、台式粉漿蛋餅等。

我屬於七年級前段班，小時候住在雲林虎尾。最早接觸到的不是販賣車本身，而是叫賣聲——土窯雞、茄苳蒜頭雞等，聽到叫賣聲也都不會是小孩出去買。首次接觸到的移動販賣車不是食物餐車，是我姑姑和姑丈經營的卡通小火車攤車。後來在成長過程中遇到的販賣車，大宗是早餐車，販售漢堡、三明治、茄汁今口餅等。傍晚則會出現賣車輪餅、炸雞排、鹽酥雞等各種點心的餐車。有時爸媽也會買行動烤鴨車的烤鴨回去加菜。我還記得虎尾科大的體育場是打籃球的聖地，外面就有一台發財車賣蘋果麵包夾香腸。

還有這種東西！

行動販賣車給我「轉大人」的感覺，可以自由支配零用錢。回家前先買來吃，回家爸媽也不知道我有先吃過東西了（笑）。

對於服過兵役的人而言，移動販賣車是更被渴望的，因為出外訓練或行軍時，這些俗稱為「小蜜蜂」的販賣車都知道我們在哪裡訓練，很厲害。那時候只要飲料

林阿炮，本名林肇豊，成功大學台灣文學系博士，現為教育部USR推動中心博士後研究員。自小愛吃，也會趁父母不在家時偷煮食物。因撰寫有關「左宗棠雞」的篇章，而開啟對飲食書寫的興趣。

是冰的，我都覺得是世界上最好喝的飲料。小蜜蜂就是救世主！

——**對城市和鄉間的移動販賣車，兩位有什麼樣的觀察**？

差異性一定跟城市本身的機能有關，當地的移動販賣車可以提供很重要的社會觀察。我這幾年常去外島，也定期到台東。他們共同面臨的問題都是人口外移，導致舊有生活機能受到衝擊。

在馬祖北竿有兩台菜車會彼此協調回台灣的時間，否則如果一起回去，就沒有菜車可供應全島的生活所需。馬祖的地勢高低起伏，住民多是中高齡長者，不太容易移動，菜車在當地社會的意義，除了商業機能外，恐怕還有很多。

我是從雲林北上唸大學和研究所，覺得城鄉的移動販賣車差異滿大的。鄉間比較容易看到移動販賣車，會出現在熱鬧的街道、廟口、省道旁和夜市。賣的食物多半「傳統」，意思是比較常見，例如炸雞排、東山鴨頭就有很多攤；像墨西哥捲餅那種特別的食物較少。

如果在城市，像台北市有法規限制，又經常有人檢舉，見到移動販賣車的機會不高。學校周邊在早餐和晚餐時段會有行動餐車，午餐時段偶爾也有。在城市胖卡比較多，在市集更可以看到大型美式餐車，裡頭冰櫃等設備應有盡有。老闆平均年紀輕，會賣很多異國食物，如漢堡、肉桂捲、精釀啤酒等，價格相對較高。

台東大武大概每天早上9點會出現一輛烤鴨車，台東這一段南迴公路還滿長的，就這一輛烤鴨車在跑。那邊的人說是唯一吃到烤鴨的機會，他們都很清楚什麼時候那輛車會出現在什麼地方。我常去台東紅葉，全村的人都光顧一攤在鄰近台9線原住民部落巡迴的臭豆腐餐車。味道經由移動，在城跟鄉進出，會產生滿不一樣的意義。對我台東那些等著吃烤鴨或臭豆腐的朋友來說，會覺得是他們等待很久的味道。

某個程度來講，城市過剩的東西可能是鄉間的唯一。

——請兩位分享與販賣車老闆互動、印象深刻的故事。

我多半是買了就走，怕打擾人家做生意。

我有一段時間很好奇，到底是什麼樣的人會做販賣車生意？我國中時認識一位賣黑輪的阿伯，後來他約莫30歲的女兒接了生意。她跟我說，可以自己做老闆、每天跑來跑去，覺得很好，我想她可能是有某種遊牧性格吧。我應該看過販賣車老闆很辛苦的狀態，遇到大雨，特別是南部的午後雷陣雨等等的狀況都可能讓生意做不下去。就會進一步好奇這對他們來說是永久的事業，或是在人生不如意的狀態下暫時以此為業。

讓我印象深刻的還有我家附近的豆花邱，老闆是個不如意的中年失業勞工，家裡也有很多很辛苦的事情，個性很內斂。我看他推豆花攤時，常覺得那還真的要沉得住氣，豆花推了1公里之後，還能夠是一桶完整的豆花。我後來有把他寫進書裡。

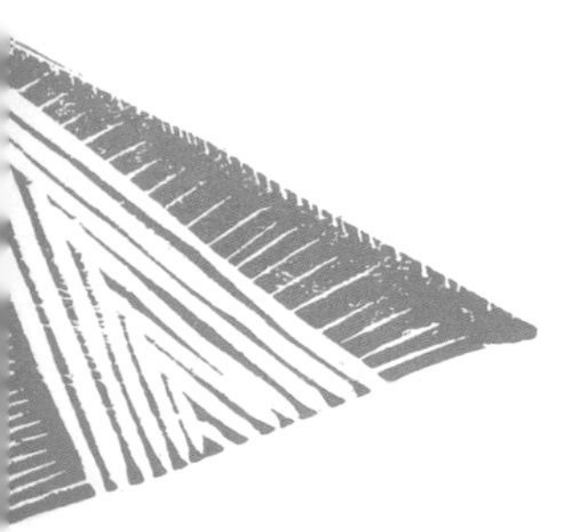

行動販賣車給我一種「轉大人」的感覺，可以自由支配零用錢。

（兩手拿著仕淵老師的書搖晃）仕淵老師剛說到一個重點，下大雨跟太陽太大，對行動販賣車來講都是痛苦的。如果無法遮雨或客人不上門，也就不用賣了。

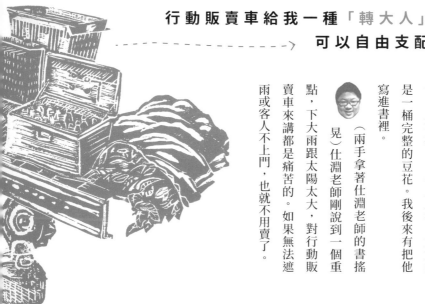

每一攤，都是帶我們認識那些未經太多雕琢的味道和老闆生命史的平台。

——相較於有店面的小吃，認為移動販賣車的魅力是什麼？

對消費者來說，第一應該是價格相對便宜，因為販賣車不用店租，可以反映在售價上。第二是快速方便，因為販賣的品項通常不會多，現成品不用講，要現場調理的也是快速出餐。另外因為是外帶，會傾向一份一份裝好，方便邊走邊吃。學生放學路上吃個點心，嘴巴抹一抹，回到家爸媽也不會發現。

有時販賣車會有些新玩意兒，像龍蝦堡或新奇的飲料，很多都是這樣被創造出來的。

對經營的店家來講，販賣車創業門檻低、不用店租、時間彈性、不用看老闆的臉色。理想上還能到處趴趴走，但實際上以台灣法規來說是不合法的。

對我來說還有個魅力，那是會讓你期待但可能會錯過的味道。我有時去台東會問朋友什麼時候會有臭豆腐餐車，結果等著等著竟然沒來，這樣的不安定感我也體驗過。

另外，因為門檻低，想嘗試做點生意的人會把移動販賣車作為嘗試的第一步。例如當經營者要湊足資本開異國料理餐廳時，很多味道就不再道地了。我們成大附近有一攤就在賣那些不會出現在主流餐廳的泰式甜點，我覺得太棒了，這種經營型態給了這些味道一個機會。

我認為移動販賣車正因為沒有連鎖店的味道規範，所以每一攤都是帶我們認識那些未經太多雕琢的味道

味道和老闆生命史的平台，是掌握人跟城市很好的切入點，可以發展出具生活視角而充滿活力的地方史。

——通常如何挑選移動販賣車，有無觀察的點？

除了食物本身，我會觀察像車子的裝備，例如胖卡改裝鷗翼上掀門；又例如早餐車會打造階梯式置物架，漂漂亮亮地陳列每個三明治，斷面就直接朝著你耶！

我的想法跟阿炮一模一樣！我之前在博物館工作，我覺得餐車就像展櫃，要看它有沒有辦法鋪陳出食物要傳達的事情。

很多餐車老闆還會有一些創意巧思。師大分部的臭豆腐

餐車就像展櫃，要看它有沒有辦法鋪陳出食物要傳達的事情。

餐車有三個鍋子，老闆會先把臭豆腐低溫炸香，再切塊用高溫炸到金黃酥脆！我還遇過車輪餅車有好幾個爐子，老闆就坐在車上轉過來、轉過去烤。

我覺得食物還是決勝負的關鍵。我後來經常去的一種類型餐車，都是老闆很特別的，譬如豆花邱。或者我下午肚子餓時，有時會去吃黑輪，常去的那家味道還可以，特別的是老闆擲骰子或打彈珠的時候很投入。

那是有在賭吧？

他擲骰子或打彈珠展現的生命力讓我印象深刻。有時我上課後感覺很累時，看到那樣的生命力，我就突然覺得很有活力。

——認為移動販賣車與台灣小吃蓬勃發展的關聯性？

販賣車文化是一種靈活生命力的表現，入門跟調整步伐都非常快，是社會活力的重要載體。

我覺得台灣小吃會蓬勃發展，其實是跟路邊攤、小吃攤有關，而移動販賣車是其中的一個形式。原因是人人吃得起、快速便利，通常會出現地方特產或特色食品。日本時代的建成圓環是小吃攤聚集地，戰後中華商場還沒蓋之前有很多臨時搭建的竹棚攤販，賣衣服、雜貨還有中國各省小吃，像蟹殼黃、溫州大餛飩等。除了攤位也有挑扁擔的，可說就是早期的移動販賣車。閩南語稱攤位叫擔仔就

是這樣來的，度小月最早就是洪芋頭挑扁擔沿街叫賣。

後來隨著交通便利、汽機車普及，大家會把過剩的農產品堆上小發財車開到省道賣；或直接開車到市場、漁港採買食材，回家作業就開去擺攤。所以移動販賣車兼有店面跟交通工具的功能。因為空間有限，不容易煮大菜，小吃就是最適合的販賣物。甚至有些小吃在固定的攤位和店面很少看到，例如車輪餅、雞蛋糕、平價炭烤這種薄利多銷的小吃，比較常在攤車流傳，開店面會不敷成本。

——能否請仕淵老師從歷史面向，談談可能因時代演進消失的販賣車？

從整個長時間的歷史面向來看，20世紀上半葉時殖民者為了近代城市的治理，因此透過新式市場的規劃，企圖管理公共衛生與食品安全。有了新式市場跟現代都市的機能後，露店型態的生意或者移動販賣車就開始跟現代都市的規範產生拉扯。販賣車移動的過程中，一直有一股企圖要讓它們定著下來的國家力量。

會因時代演進而消失的販賣車，我覺得是離島的菜車。當市場的需求又再進一步萎縮時，會變成無利可圖的生意，它就可能會消失。

那晚近興起的外送文化，讓消費者不出門也能消費，或許對販賣車產生某種影響吧。我的學生們現在已經很習慣透過APP叫外送，但是在台南鄉下的居民還不熟悉這項工具，而且跟這些販賣車有很深刻的連結。我在左鎮區遇過有人透過攤車轉交物件，這樣的機能跟社區的需求綁得很緊，有不可取代的靈活度，是否因為一般市場通則而消失？也未必這麼不樂觀。

仕淵老師說得很準確，近代國家那種想要攤販定著下來的治理思維，至今仍然如此。販賣車在經濟部的管理規則中仍屬於流動攤販，在都市許多地點無法隨意做生意，若要合法營業勢必得固定下來，進入特定區域，才能獲得經營許可。

——也請阿炮老師從文學讀本，挑選和販賣車相關的書籍篇章。

台灣文學裡面寫到移動販賣車的作品很少，為什麼會被寫得少？雖然未經學術的驗證，但我認為是因為屬於非正式經濟，而且移動、不固定，很少可以隨時間積累成名攤，就比較少進入飲食文學家的眼中。

我的碩士論文是寫王拓，所以我想到他1976年的〈金水嬸〉。金水嬸在基隆八斗子挑雜貨擔，賣牙刷、內衣、香水、餅乾等。扁擔就是早期的行動販賣車，在小說中八斗子是傳統倫理價值觀的所在，也是金水嬸所在的地方；而基隆市區則屬於現代工商社會的運作邏輯，也是無情的兒子們所在之處。兩者的距離是傳統與現代的差距也是世代差距。其實可以想像，有一天金水嬸的扁擔會被移動販賣車或新式的便利商店給取代。

陳秀玲〈藍色車頭的發財車〉中的大腸包小腸販賣車是由藍色發財車改裝的。作品提及不少移動餐車的實際遭遇，很多人會以為從事餐車生意是自己當老闆很理想，到處趴趴走，但其實非常辛苦。作品說的是一個移動餐車家庭的實務和生活的酸甜苦辣，樸實但溫潤有味。

最後我挑選的是繪本書《你要去哪裡》，這是兩位大學生的畢業製作，都是攤車家庭出身的他們，訪調全台各地的移動販賣車，匯集50個故事和細膩的插圖。裡面寫到花蓮有一攤老闆穿老夫子的服裝烤大番薯，大番薯就是老夫子的朋友嘛。她們看到攤販車的烤爐上有很多一塊錢的銅板用來遮出風口，要高溫就遮住，要通風就移開。但為何不用50元銅板？因為一下子就被客人A走了。這就是行動餐車實際會遇到的事情。

版畫緣由：偏遠聚落因人口稀疏、無固定市場，卻有各種移動交易形式，由走賣人將生活物資輸送到村落，將村落與人串連起來。為了向這群走賣人致敬，旗美社大於2017年發行《移動市場，走賣人》月曆，由「甲仙埔油畫班」馬若珊老師創作版畫。

販賣車文化是一種靈活生命力的表現，要入門跟調整步伐都非常快。

——如果有一天兩位是老闆，請說說自己理想的販賣車樣貌。

這問題對於我這種缺乏想像力的人有點困難。如果台灣能有個移動快炒餐車，我會很開心。（阿炮老師雙手比讚）我很少期待外帶的快炒是帶回家還會好吃的，每悶5分鐘都在減少美味。要在台灣有快炒形式的餐車，想像上很困難，可能會因為油煙被檢舉。如果移動餐車這種便利的型態，可以銜接上需特定火候才能夠煮好的食物，那應該就是所謂的夢幻逸品吧！

仕淵老師講的跟我要說的一樣耶，嚇死我了。對我來講理想的販賣車型態可能跟理想店面相差不遠，差別是多了移動性。如果又不考慮擺攤地點的法規限制，理想的販賣車是能夠符合各地需求，譬如把車開到登山口賣豆漿、包子，也許是山友的最愛；到了美麗的湖邊，就賣咖啡配甜點。那如果是自己要產製那種氛圍，可以搞個露天電影院，中華隊比賽時就變成加油的現場。要賣什麼？鑊氣十足的熱炒、經典台菜呀。但只是說說啦，應該很難賺錢。如果有這種餐車一定光顧，跟仕淵老師在那邊喝啤酒、吃熱炒！

種下和熟成，慢慢讓生活回來

因為想做喜歡的事，舜子與Mindy從台北搬到高雄市區，開了一間咖啡館。但喜歡的事變成工作，生存壓力接踵而來，擁擠的人車、密集的樓房，讓兩人逐漸喘不過氣。孩子出生成為休養生息的契機，兒時的美好回憶使歸返鄉下成為可能。他們在美濃重新種下一間咖啡館，在清新的稻香、熱情的蛙鳴、滿天的星斗中，和孩子一起，讓生活回來。

文字整理—謝欣珈
攝影—陳建豪

Another Life 移住者告白

告白者

舜子 & Mindy

希望孩子在自然裡成長，從市區到鄉下開了一間「慢熟」咖啡館，自己烘豆、自己種米做蛋糕。工作與人，都在生活裡慢慢熟成、貼近土地的味道。

Q：移居之前，兩人各自的生活背景？

Mindy：我是在美濃出生，高中在台南市讀書、到台中唸大學，又到台北工作十多年。其實我還滿常換工作的，一開始在中研院，因為比較沒興趣就想換領域，往藝文界發展，嘗試不一樣的東西，結果發現薪水越來越少。後來對烘焙有興趣，他送我一台陽春烤箱，鼓勵我投履歷去相關行業，結果有一位滿厲害的主廚想找沒經驗的人，我就在他的甜點部門工作，順便學習。

舜子：我是花蓮人，在花蓮待到大學畢業，到高雄唸研究所，在台北工作，當時想說應該會一直待在台北。我們是在她剛工作不久，去上英文課的時候認識的。那時候她很愛喝咖啡，喝到上癮，所以我都會陪她去咖啡館喝。後來我開始練習煮，在家裡烘豆子，到甜點市集擺攤也賣得不錯，就想說可以試試看。本來要在台北開工作室，但租金太高競爭又激烈，後來我在網路上看見有人要頂讓高雄市區的店面，剛好離她爸媽買的房子很近，過路客看起來也不少，搭高鐵下來談了兩次就簽約了。那時候想說，如果她可以把興趣跟工作結合的話還不錯。

Mindy：其實我不能適應台北的步調和生活習慣，人太多，社交距離太近，走路都會跟人碰在一起，我覺得很痛苦。不過台北活動多，有趣的事情很多，煩的時候還可以轉移注意力。但生活的壓迫感，還有一直住在公寓，打開門到處都是陌生人，感覺還是很不舒服。

Q：搬到美濃的契機與經過？

Mindy：我們第一次是從台北搬到高雄，當時很倉促，店面簽約完馬上交接、整修、設計菜單，加上大家一直在問什麼時候要開，步

為了小孩搬回來，不是為了自己，就不會一直猶豫。

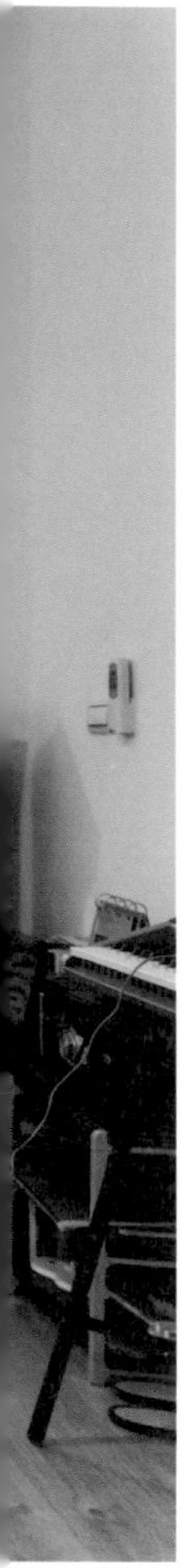

調很快，事情來了就做，所以開下去才開始害怕，前半年也不知道怎麼做。當初用台北思維想像近捷運站、租金便宜，但來之後才發現高雄人都不坐捷運，消費力較低，租金還是會變成負擔，壓力很大，只能硬著頭皮拚下去，研究高雄人的口味與個性，增加很多產品選項，慢慢調整，一年之後才做起來。

當時高雄還是文化沙漠，也很少可以散心的綠地，加上食物不合胃口，適應不良身心都快到谷底。雖然是做喜歡、想做的事，但一直忙工作，沒有自己的時間，賺的錢拿去應付房租等開銷，為了生存剩下一個疲憊的身軀，比在台北還累。我們寧可收入少一點，在鄉下可以得到開闊的空間、自然的環

現在我覺得這是人的本能，先種下去之後自然就會了。

境，整體都會比較舒服，就算營業額沒這麼多，也可以接受。加上小孩出生，市區住宅空間太小，休息或是餵母乳都不方便，就想搬家。

舜子：搬回美濃最主要的原因是因為小孩。為了小孩搬回來，不是為了自己，就不會一直猶豫，做了之後也發現對小孩真的不錯，也看得到改變。當然我們比較衝動，但是一旦做了決定，就會開始理性分析、規劃，想像可能的生活方式是不是可以接受，是不是好處多於壞處，先列出來評估。我們在小孩睡著的半夜就會開會，討論MENU、顧客定位。

不過美濃要找店面不容易，在地人要租屋都不會貼紅紙，要一間一間問，聊天搏感情。本來找不到想說算了，她爸就說有一間沒在用的房子，要不要整修起來？雖然房子淹過水，整個太破爛，但我們滿喜歡在巷子的感覺，來打掃的時候發現有磨石子地、馬賽克浴缸，這些兒時回憶都很珍貴，我們還是比較喜歡老房子跟自己有連結的感覺。雖然老屋維護比重建難又貴，師傅估完價我們就沒錢請設計師，每天早上7點來監工，和師傅討論每一個步驟，那陣子壓力太大又累，還長皮蛇。

Mindy：過程中比較慘烈的其實是我爸滿反對我們回來，他覺得工作換來換去，在台北工作得好好的，又到高雄開店，現在又要換到美濃，會覺得這樣是不是沒有毅力，怎麼沒有待在一個地方，把一件事好好完成。剛搬回來那年住在家裡，住久了長輩就會覺得是不是在啃老？加上家裡有出一點錢，會覺得東西為什麼要用這麼好、不用便宜的？同一個屋簷下就有很多摩擦，覺得我們一直沒有工作，待在家裡不趕快開店，但我們又很龜毛，店還沒好只能維持這個僵局。不過我覺得長輩其實也很緊繃，怕被人家問，壓力一直累積，最後就爆炸了。所以房子整修完我們就快點搬過來，家人彼此過一段冷靜期就好了。

Q：移居之後生活有什麼改變？

舜子：搬到鄉下之後沒有租金壓力，比較可以調整營業時間來陪小孩。雖然一開始開店需要時間準備，有讓他去上幼兒園，等到店上軌道之後，他也有些自理能力，我們就帶回來自己顧。不然學校只有週末放假，但週末我們最忙，陪他的時間更少。

Mindy：搬回來之後我們以小孩的生活為主，步調慢一點，花時間讓生活回來，把我們想做、有興趣的事情作好就好。小孩也有很大的改變，在市區人聲、車聲很吵，他的個性太敏感，容易緊繃，三不五時會尖叫和哭。回來之後鄉下的大自然有很多東西可以觀察，而且比較安靜，他的個性就很穩定了，所以我會覺得這是滿好的選擇。像他一出生就有病毒疣，擦藥也不會好，後來我們開始種田以後帶他去田裡跑、摸土，一個月之後病毒疣都不見了！我就覺得大自然的力量好神奇！

舜子：自己種田也是一開始沒想到的。當初想使用在地食材，發現這邊最好吃的就是米，我們想用米蛋糕推廣看看，而且小孩有過敏體質，小麥的過敏原比較高，盡量不想讓他吃到。一開始我們買友善

在鄉下，重要的是要跟很多人連結，生活會比較愉快和順利。

小農的米，後來向Mindy爸爸租田的農夫不做了，想說要不要讓小農契作，但大家壓力都大，沒辦法再接，我就想不然自己種。她那時候還滿驚訝的，但我是比較順勢而為，因為周遭有小農朋友可以問，我也會去農改場查資料，覺得種水稻應該不難，而且來店裡的貴婦都會聊農事，我想貴婦都可以種了，到底有什麼困難。

Q：滿意目前的生活嗎？未來還會再移居嗎？

Mindy：我覺得好像找到喜歡的地方了，生活品質也比在都市好。以前拼命賺錢買吃的，會有一種欲求不滿的感覺；現在是努力耕田就有食物吃，還有鄰居送菜來，我覺得那種感覺不太一樣。以前咖啡館是工作、工作是重心，工作以外也沒什麼時間；現在咖啡館是生活的一部分。我們以前被教育成只會工作、混口飯吃，不覺得自己能做這麼多事，還有能力種東西，但現在我覺得這是人的本能，先種下去之後自然就會了。

不過美中不足的是，目前對小孩的教育比較沒有這麼理想，因為我熟識的人都沒有小孩，沒得聊育兒經驗或共學。小時候在鄉下大家都會出來玩，很容易跟其他小孩接觸，現在都不會讓小孩出去玩，都

在家裡看電視，就比較少玩伴。而且這裡年輕人也沒有這麼多，稍微覺得失去以前在都市的朋友圈，比較沒有社群關係。未來如果還有機會移居的話，應該會往更鄉間的地方去，或者會想找已經有一些育兒社群的地方，像是生態村那種概念的地方。

舜子：我覺得要先去想喜歡什麼樣的生活，再去想要怎麼生存下去。回來的時候我們也沒有想要多賺或是多存錢，只要收支可以平衡，生活得開心就好。所以目前是沒有移居的打算。

Mindy：我覺得對移居者滿重要的是，我們在整修那一年被迫暫停，變成無業遊民，一開始都會焦慮，覺得怎麼還不能開始工作，這樣OK嗎？別人會不會講話？被迫停止的時候，我們就只能轉換心情，到處騎腳踏車、帶小孩去繞、去認識別人。

那段時間我們認識很多人，他們讓之後的生活比較順利，我覺得這是一個很重要的過程。因為有時候可能因為著急，用一個有效率的方式去開店、營運，構思很多東西，但是可能沒想到生活層面，因為生活不是只有自己，還要與周邊有連結，尤其在鄉下，重要的是要跟很多人連結，生活會比較愉快和順利。

圓頂廠房

走進地方

INSIDE of PLACE

國道旁的

盧昱瑞
高雄人，畢業於台南藝術大學音像紀錄所，以捕捉影像為志業。2005年開始拍攝紀錄片，題材大多圍繞在海港生活的人，偶爾也關注老房子和文化資產等相關議題。

高雄應該是鐵皮屋最密集的城市之一，因為整座城市從日治時代到戰後都以發展重工業為主，所以在這城市裡很容易見到各種類型的鐵皮建築，小至省道旁的檳榔攤，大到臨海的造船廠或煉油廠。

然而，在這四處是鐵皮屋的城市裡，有一間外型很獨特的廠房，從國道一號北上359公里處可以看見它，搭乘北上高鐵坐在右側也能望見它；它猶如一顆神秘的球體，突兀地掉落在鄰近的直立煙囪和四方盒裡。

這間圓頂廠房是台塑仁武廠的公用廠設施之一，提供廠區水、電、蒸氣、氧氣公用流體的供應以及能源回收和廢水處理。從外觀可看出此廠房採用傳統鋼肋圓頂桁架（Steel-ribbed dome），由32根圓弧支柱放射狀的結構來形塑大跨距圓形建築，廠房基礎為三層樓高的水泥牆和32座設置鋼支柱的水泥基座，外表組裝牙白色清板作為圓棚，廠房北側有一座輸送帶，棚頂設有八座通風口，整座圓形廠房直徑約95公尺，高約10層樓，建築量體頗為壯觀。

廠房東南側有一片水稻田，田裡靜止的水將半球體廠房鏡射成一顆完整的神秘球體，稻田裡還有數十隻黃頭鷺在覓食，眼前這視角應屬仁武石化工業區裡對比強烈的產業風景吧！

回溯十多年前的新聞，這片土地曾發生地下水和土壤的嚴重污染事件，遭當地居民和環保人士強烈抗議。如今事件已落幕，未來台塑仁武廠也將轉型朝綠能產業發展，或許這片工業區在不久之後會冒出許多透明巴克球（Buckyball）的穹頂新型廠房也說不定呢？

親愛的柏璋

上週帶解說時講到榕樹，就想起你信中提到的紫斑蝶記憶。雖然北部常見的圓翅紫斑蝶和端紫斑蝶的幼蟲都以榕樹為食草，台北街頭的榕樹也很多，但我卻很少在都市裡看到幼蟲或蛹，大多還是要到郊山才會發現。我想，要讓某種生物棲息，除了具備正確的植物種類，還得要其他環境因子對了，才能真正被目標生物接納。

上週一個朋友傳來渡邊氏東方臘蟬的照片，確實來到這種曾列入保育類的昆蟲開始繁殖的季節了。朋友住三重，是河流環繞的地方，喜愛森林的東方臘蟬居然會飛到他家陽台，可見河濱公園栽植的樹木，很可能也成為這種昆蟲的棲所。

渡邊氏東方臘蟬形狀像蟬，但身體大致是白色，前額還有一根像長鼻子般的鮮黃色突起，據說這奇異的外觀是為了引開天敵的攻擊，但這獨一無二的昆蟲，也因此面臨捕捉的壓力。他們的習性也跟蟬類似，一生都吸食樹木汁液為生，最偏好的兩種樹木，一種是山上零星分布的山桕，另一種就是全島普遍栽植的烏桕。烏桕是日治以前就引進的樹種，木材和果實裡的臘質，都是民間重要的物產。

原本仰賴山桕的東方臘蟬，我想先是隨著漢人引進的烏桕，開始在淺山聚落出現，而近代城市綠化的風潮更擴張其領地，連河濱公園或郊山步道都很容易看到，也怪不得後來會從保育類列表中除名。

但有趣的是，目前烏桕雖然全島都可看到，這種特殊的昆蟲仍侷限分布在北部，竹苗地區差不多是分布的最南限（本種就是在新竹北埔被渡邊龜作採集到的）。可見東方臘蟬除了寄主植物之外，仍

FROM
瀚嶢
新北・新店

黃瀚嶢

生長於台北，在城市間隙發現觀察野地的樂趣，從此流連忘返。森林系畢業後，從事生態圖文創作與環境教育，經營粉專「斑光工作室」，靠著偶爾路過的靈光努力生存。

然受到氣候或其他因子的限制，沒有變成全島廣布的種類。

台灣目前出現了另一種與東方臘蟬外觀類似的昆蟲，那就是這幾年有名的龍眼雞。原本僅分布在金門，近年終於擴張到北台灣，會在龍眼、荔枝、芒果甚至文旦上發現。這些植物原本各地都有種植，兩岸的貿易活動也都持續進行著，為什麼龍眼雞現在才入侵台灣呢？我想同樣也不只因為寄主植物，而是某些環境因子改變了，才讓他們得以立足——也許是雨量，或者氣溫的改變，又或許，還有什麼事情在我們不知不覺中發生著。

探究清楚背後原因，仍是困難的，往往還沒理解，環境就又變了。在不斷變遷的時代，我們唯一能做的，也只有持續保持好奇吧。

夏天又要到了，期待山上再相見。

東方臘蟬

Pyrops watanabei

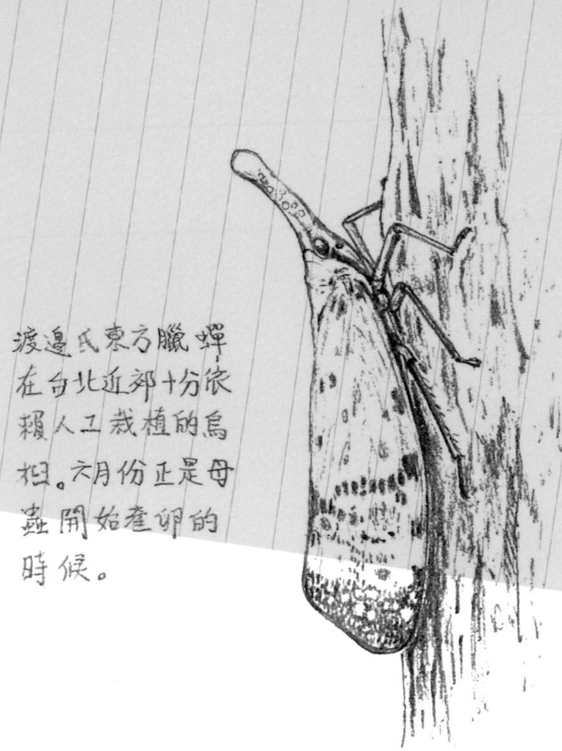
渡邊氏東方臘蟬
在台北近郊十分依
賴人工栽植的烏
桕。六月份正是母
蟲開始產卵的
時候。

親愛的瀚嶢

當紫斑蝶一隻接一隻、沿著西岸廊道緩緩飄落竹南海岸林的時刻，我們也輕輕走進那座森林一探究竟……回想起來，那已是兩個月前的事了。

隨著日子一天天變熱，不知不覺端午節也快到了。上個月我和米奇一起包了肉粽，日前給你的就是其中一顆。不曉得你吃了嗎？不論有沒有合口味，我想你應該更在意肉粽上的綁繩吧？嘿，那可是特別找來的草繩喔！

先前聽阿嬤說，早年的粽子都是用一種叫「鹹草」（kiâm-tsháu）的繩子來綁，跟現在的棉繩手感完全不同。我對此深感興趣，心想阿嬤說的應該就是藺草吧？要是能找到藺草繩來綁粽子，或許能滿足浪漫的想像，以及跟著阿嬤學綁粽的渴望。只是，這種早期常見的草材，如今就算上傳統市場也不一定找得到。苦惱之際，想起《地味手帖NO．02》提及的藺草編織產業，我決定前往苗栗苑裡碰碰運氣。

那是一趟難得且珍貴的旅程，最後不只成功帶了一把藺草回家綁粽子，還認識台灣藺草學會裡幾位熱血青年，談笑間看見她們正為苑裡的藺草產業注入活水。說出來也不怕你笑，我就是那天經她們指點後才曉得，阿嬤口中綁粽子用的藺草，跟苑裡當地阿嬤拿來編織帽蓆的藺草，居然是兩種截然不同的莎草科植物——即便它們幾乎長得一模一樣。

認真查證後，被稱為「鹹草」的藺草，是莎草屬的「單葉鹹草」，因偏好生長於河海交會的鹹水濕地而得名，早期在台灣各地常被用作綑綁物品的草繩。至於那天被苑裡在地阿嬤們捻在手中編織的藺草，是侷限分布於大安溪出海口兩岸的擬莞屬植物，台語稱作「蓆草」（tsháu-tshioh），中文名

FROM
柏璋
新竹．新竹市

陳柏璋
熱愛山、攝影與書寫的野外咖，時常帶著相機與紙筆，在野地裡打滾整天。目前與一群好夥伴共創森之形自然教育團隊，試圖在人們心中埋下野性的種子。

苑裡藺 *Schoenoplectus triqueter*

可稱為「苑裡藺」，質地比鹹草柔軟細緻，也更加堅韌，適合編織帽、蓆、墊等生活用品。

蹲在學會復育的藺草田邊發呆，不禁思考著苑裡藺因偏好淡水環境，而可以被當地人代代栽培在水田這件事。假使苑裡藺跟鹹草一樣喜歡鹹水環境，在西部海岸經歷工業化旋風後，我們現在還看得到苑裡的藺草產業嗎？又是什麼樣的環境因子，使得苑裡藺不像鹹草一樣廣泛分布？有沒有可能，苑裡藺根本不是台灣原生的莎草科植物，而是明清時期自中國引進後，刻意被框限在大安溪下游栽培利用呢？

這些疑問就跟臘蟬之謎一樣，暫時無解，或者永遠無解。但在這個以變遷為名的時代，除了好奇心，想像力或許也是必要的。

無論如何，我真的好喜歡乾藺草的味道。下次見面再帶給你聞香吧！

藺草莖的橫切面很像一捆吸管，

兼具送水及透氣的能力，

做帽蓆是最適合不過！

柔軟堅韌的質地也很適合當綁繩，

這在我綁肉粽時獲得驗證。

最親也最遠的父母話

鄭順聰
最新出版華語散文集《夜在路的盡頭挽髮》。另有詩集《時刻表》、《黑白片中要大笑》，散文《海邊有夠熱情》、《基隆的氣味》、《台語好日子》，小說《家工廠》、《晃遊地》、《大士爺厚火氣》，繪本《仙化伯的烏金人生》。

插畫—Hui

人說結婚久了會有夫妻臉，連腔調也會越拉越近。

太太是基隆七堵人，偏泉州腔；我來自嘉義民雄，濃厚漳州腔，和兩位女兒共組母語小家庭，可說是21世紀的漳泉濫（Tsiang-Tsuân-lām）。

人說「離鄉，無離腔」，我在台北大都會常被辨識出「下港人」身份；實際上，是離家鄉的腔調越來越遠，漸漸被周遭環境浸潤。這樣的發覺，要靠自己，更靠枕邊人。

韻母差異實在離奇

那天，久未北上的爸媽難得來我們台北家，猶如當兵時的「高裝檢」，太太徹頭徹尾把家裡面打掃好幾番。且將統治者的跋扈暫時收起來，當一個乖順又認真的媳婦，切好水果擺盤美觀，小心翼翼接待公婆。

幸好過程順利，我這個做兒子的承歡膝下，更是殷勤，共同觀賞孩子彈鋼琴跳舞，兩老笑呵呵。聊得正高興時，我媽說：**最近收著一張批（phe，信）**，過程很離奇。

離奇，真的很離奇！我都是說批（phue）啊，不是從小都這麼說？就在此時，我爸也跟著說批，發音也是phe。

腦中就浮出漳州腔的發音規律：我爸說上（siāng）好，不是通行的上（siōng）好；說到拍照，我媽可不是翕相（siòng），而是翕相（siàng）。同時，我講買賣（bé-bē），非bué-buē；數字八的發音peh，非pueh。

照此規律下來，的確是說批（phe）沒錯，我可能是受台語流行歌影響，沒仔細聽爸媽的話，說成了phue。

語調飄動，心境大不同

入夜，電話打來，爸媽平安回到南部的家了，任務完成，孩子上床去睡，太太鬆口氣，沒有翹腳，而是用美腿機來消除疲勞。

我就談到離奇的「批」的發現，正準備敷面膜的太太說，相對於回嘉省親，在台北更能聽出腔調差異：說道她的公公、我的阿爸，若是回應別人的話，口頭禪總是hiò，hiò，hiò！

關於這點，我斗膽指正太太，hiò是有程度差別的，例如：

「**hiô--loh，鄭順聰真緣投**」，hiô後頭接loh，有點不置可否，略略贊成而已。

「**hiô--lah！鄭順聰真緣**

投」，hiô若接上lah，聲音會很亮很高，表示大大贊成。

我認真嚴謹的舉例，太太只回了一聲諾（hioh，聲調微下降），意思等同於hiô--loh，不是很想搭理我的樣子；我則回了聲嘿（hennh，聲調也是微下降），意思類同，是嘉義常聽到的口頭禪。

此時，太太問其今天的表現，我回說「袂穲啦」……隨即收到怒容，我心驚膽跳，說要幫太太敷面膜，卻被拍銃（phah-tshìng，槍擊，表示拒絕之意）……立刻成為昏君旁的小人，連忙猥瑣奉承：

Hiô--lah，媠某，今仔日你的表現世界讚！

盈溢風土氣味的地方詞

夜深人靜，孩子睡得深沉，太太鼻息已雷鳴（十多年的寫作生涯，我都是這樣形容其鼾聲的）。

在床上輾轉難眠，想到爸媽到台北一聚，心頭很是溫暖——卻襲來愧疚感，想離鄉也二十多年，都是弟弟在照顧，我人在外地，沒好好盡到做兒子的責任，不由得感嘆再三。

其實這幾年努力研究且推廣台語，都是對父母與家鄉的補償。但也不得不承認，關係越來越生疏，不僅是腔

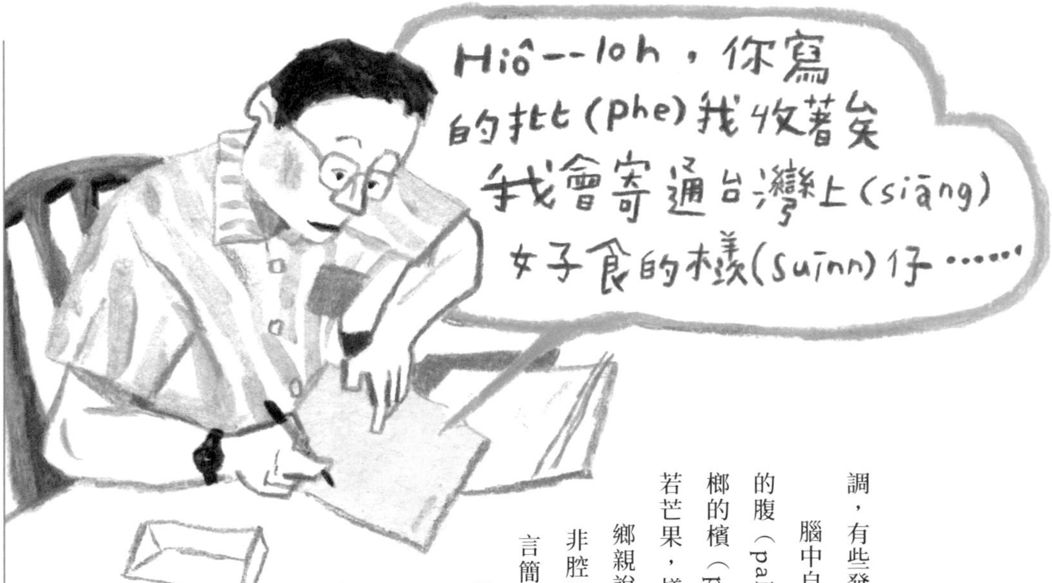
Hiô--loh，你寫
的批(phe)我收著矣
我會寄通台灣上(siāng)
好食的樣(suīnn)仔……

調，有些發音也歧異了。

腦中自動整理起異同表：腹肚的腹（pak），我媽都唸put；檳榔的檳（pin），我爸講pun；至若芒果，樣（suāinn）仔我聽到鄉親說樣（suīnn）仔……此非腔調之系統對應，而是語言簡省等因素造成的音變。且不只民雄獨有，很多地方都通行。

最親密卻最為遙遠，這該如何是好呢？

我就想到了阿媽，數字的「二」她說nōo，我爸也沒跟到，而是說gī（還有jī/lī等音）。腔調因時因地變異不可避免，要死守祖先腔調是不可行的。

但，我可以記錄，可以謹記，甚至一字一詞說回來，放大耳朵或錄音比對，或請不同腔調的人點醒。

我可以時光倒流，講回我媽的韻母，讓我爸的口頭禪成為我的習慣，內建盈溢風土氣味的地方詞：

Hiô--loh，你寫的批（phe）我收著矣，我會寄通台灣上（siāng）好食的樣（suīnn）仔兩（nōo）箱轉去，hiô--lah！

岩石與冰，儲存地球深層記憶

蓋瑞
規矩遊走於地質與藝文之間的旅人，「Geostory聽聽地球怎麼說」科普平台共同創辦人之一，沉醉於探索地球科學的本質。現居清幽的山區小鎮，不斷以書寫向外界傳遞科普知識。

古希臘神蓋亞（Gaia），是創造宇宙萬物的始祖，她的名字轉為字根Geo，意味著「大地」（earth），也指稱著我們人類所踏足、生存的這顆行星「地球」。1972年，英國科學家詹姆斯．洛夫洛克為強調地球有如巨大的生命體，引用了這個希臘典故，提出蓋亞假說。理論中，地球如同所有的生命體，擁有能相互類比的運作模式。

生命擁有記憶，就科學目前所知，記憶是以「帶有密碼的蛋白質」形式儲存在細胞中。地球作為一個巨大生命體，其地表所見森林、風、水、岩漿、冰川、岩石都是其中的「細胞」，或多或少儲存了地球誕生至今的記憶，而其中記錄最深層記憶者，莫過於冰與岩石，它們不易變化，在不斷累積生成的過程中，因而記錄了地球的深層時間（deep time）。

端看一塊岩石、或細究冰原上鑽挖的冰芯，就能看到地球演變的悠長歷史，甚至，岩石與冰會主動展現它所儲存的記憶。這現象，在我攀登雪山圈谷時深刻的體驗了一回。

高山岩石裡的冰河記憶

台灣第二高山——雪山，海拔

３８８６公尺，文獻記載泰雅族曾對這座山取了幾種名字，其意義大多為「岩壁的裂溝」或「雪崩」，與斷裂、崩落等詞有關。儘管雪山並非台灣山岳中唯一會積雪的山，卻是高山中可累積最多冬季冰雪的山峰之一。雪山冬季冰雪乘載的地球記憶只有短短幾個月，不像高緯度冰原累積的厚層冰那樣長久，然而雪山的岩石可乘載的記憶遠多於山上積雪。

雪山主峰下一大片往東北方延伸的圈谷，曾被認為是河川侵蝕或岩盤崩塌的結果，但日本博物學者鹿野忠雄於１９３２年，藉實地考察發現許多疑似冰河作用的遺跡，判斷雪山圈谷為古代冰河作用形成的冰斗景觀。這論點後來雖一直有諸多爭辯，但經多次的勘查、發現更多冰河磨蝕地表的證據，更加確定它是冰河時期的地質遺跡。據調查，台灣已知保有80個左右的冰斗地形，而雪山是台灣擁有最多冰斗者，雪山主峰下的冰斗又是最先發現且最大者，因而被編號為１號圈谷。

１號圈谷從東北方黑森林冰瀑崖上緣起，至西南方雪山主峰止，面積有87萬平方公尺，學者估算在冰河時期可能曾有厚達２００公尺、長４公里的大冰河在其中流動。當然，現在已過冰河期，所以就算於雪季上山，也無法見到如此壯觀的冰河了。倒是雪山仍處處展現它所保留的冰之記憶。

如挖布丁一般的侵蝕力

向西南方越過雪山主峰後即到達的翠池，是記錄冰河時期記憶的場址之一。翠池為碎石坡地邊緣凹陷處聚積而成的冰斗湖，是目前全台海拔最高的高山湖泊。這裡曾被冰河覆蓋，先於緩慢的地質時間中被厚重的冰往前又向下的挖出一塊凹地，接著在冰河末期冰河退卻的過程中裸露出來，殘留的冰與高山的雨水成了翠池最主要的水源。澄澈的湖水映著蒼翠的圓柏林與藍天，讓人以為翠池是冰河遺留在高山上的珍貴寶石。

雪山圈谷受到相同的冰河作用影響，在深層時間中被冰河消磨出

春季盛開的高山杜鵑。

岩石表面的擦痕。

巨大的凹地；那些被挖去而碎裂的底岩，則被冰河推擠至前端堆疊，形成突起的冰坎。若將時間濃縮，冰河緩慢的侵蝕作用變得跟挖布丁一樣，冰河是大自然的湯匙，輕而易舉就把山峰挖去一角。

我忍不住讚嘆冰所展現的巨大侵蝕力。要知道，雪山由富含石英的變質砂岩構成，而石英又是地表上極為耐磨的礦物之一，很難想像原本柔軟的水在凍結成冰河後，竟能產生如此強大的力量，讓堅硬的岩石必須臣服於冰之下。

冰的作用不只挖掘，從翠池至雪山主峰一路上可見碎石滿布的坡面，這些碎石多為冰的產物。當高山的水氣滲入岩石的裂隙中，經晝夜及四季的溫差變化，岩隙中的水結冰膨脹又再消融收縮，長時間不斷重複，岩石就被撐裂成數個有稜有角的小塊體，這種寒凍風化的作用，在寒冷地帶才有機會見著。

我與友人此次上山適逢雪季剛過沒多久，就算是白天，高山仍是寒氣逼人。清晨從翠池沿碎石坡走回雪山圈谷的路上，我們看見石塊表面皆覆滿白色的霜，與周圍盛開的白色杜鵑呼應著，彷彿要向我們展現一萬年前冰河時期，它們所經歷過的「風霜雪月」。

這些滿山美麗的白色啊，我想就是雪山這隻巨獸身上，帶有記憶密碼的細胞吧？

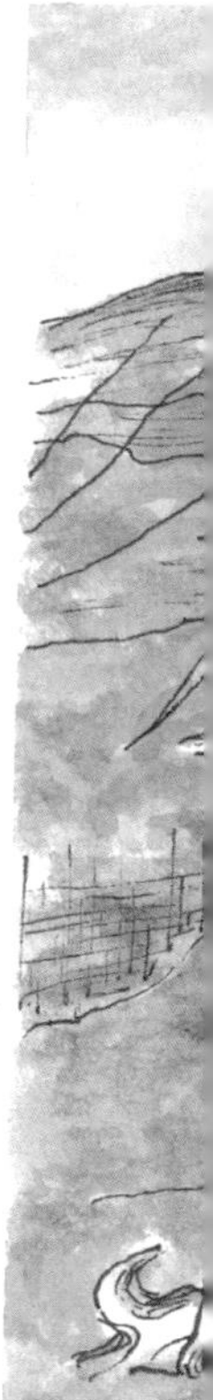

風土繫

一開始只是想做戲給阿公看

文字—陶維均　圖片提供—魚池戲劇節

巫明如，南投魚池人，台北藝術大學戲劇系畢，相聲瓦舍專職演員。

她說，小時藝術課改上數學國語，鄉村沒美術館或劇院，藝術遙不可及。這說法常見，卻也在這樣環境養成一個愛好藝術的孩子，長大去都市學藝術，有了「把藝術帶回家」的念頭，返鄉創辦每年7月的「魚池戲劇節」。

陶維均

1984年出生台北，國立臺灣大學戲劇學系畢，現從事工作囊括體驗設計、品牌規劃、地方創生、創意高齡及劇場編導、教學等領域。2019年創辦針對熟齡族群打造的線上廣播電台《有點熟游擊廣播電台》，累積聽眾超過千人。

我小時候娛樂都來自電視，原本想讀新聞或廣電，朋友找我陪考戲劇系，他落榜我卻考上。

大四，我想把戲帶回家讓阿公阿嬤看，但魚池沒劇場。陸愛玲老師介紹我「環境劇場」的概念，決定以魚池菜市場為舞台、邀朋友來做戲。全部人在我家吃住，道具家裡拿，懂設計的朋友幫做海報，做印刷的朋友幫輸出，全部我自費，觀眾也都是親戚朋友，很土炮。

原本想一屆就收，但大家的鼓勵讓我想繼續。第二屆，我和夥伴辦了搭配戲劇節的易物市集「木屐囒換蕃所」，邀大家帶廢料或二手物來交換或改造；戲劇節的目標逐漸清晰，題材不一定跟地方文史議題相關，內容不說教而要輕鬆，讓地方長輩能舒服看戲。都市那種「把一處地方封起來／限制觀眾買票才能入場」的模式不適用鄉村，配合居民作息，演出都是晚餐後5點半左右開始，一張票零錢價50、100，買就送摸彩卷或小獎品。二、三屆我們用套票制去推廣戲劇風氣，一晚四齣戲但一票只能看兩齣，讓觀眾有意多買張票看完四齣戲，場場完售，每日最高入場150人，以魚池來說很踴躍。

全部我自費，觀眾也都是親戚朋友，很土炮。

今年即將舉辦的第四屆帶入藝穗節模式，參考法國「亞維儂藝術節」、嘉義「草草戲劇節」跟基隆「回基隆藝術節」，以強調多元族群文化包容的「建醮」為題，集中在7月的一個週末讓演出塞滿整座市場，還有二手市集、露天電影、青年競賽……，唯一要求是內容必須讓在地長輩懂。

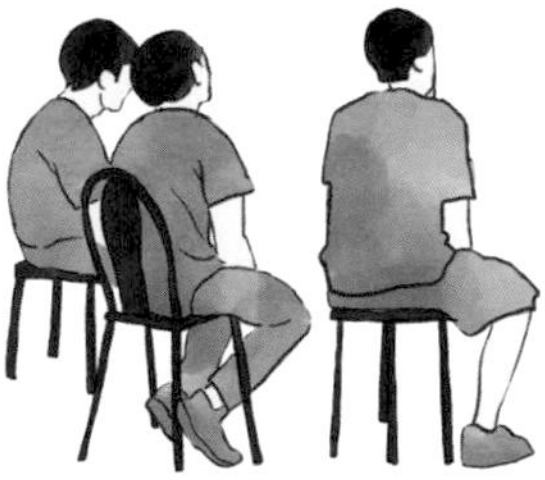

全台各地觀光型鄉村都面臨相似問題，外地年輕人想進來開店或就業，本地年輕人往外地求學赴職，屋主把房子賣給飯店或隔成套房出租，換得移居大都市的資本，願意留鄉成家立業、養兒育女的人越來越少。

巫明如想做的是「打造傳統」這件事，這也是近年當大家論述創生議題時常提及、希冀藉由藝文介入地方的行動，營造屬於地方的新傳統，讓地方老少無論留鄉或外移，都能在某些特定時刻返鄉凝聚。然而，打造傳統，在魚池遇到的最大難處是多數人覺得，這裡「已經」有傳統了。

每年魚池都在等，等日月潭各種節慶帶來的商機，有些人認為這就是傳統。

魚池多數建設都為了純粹的觀光用途而存在，鮮少社區據點、親子空間、書店或戲院等文化場所。我希望10年後戲劇節會成為孩子們口中扎根在地的魚池傳統，所以我們每年戲劇節都辦夏令營、試圖搶先少子化關校的速度去巡迴魚池13間國小，孩子上完課也會給他們呈現和展覽的機會，在孩子心中埋下藝術的種子。

藝術節一屆屆做，莫名跑出一群孩子當志工，每齣戲看了又看，甚至主動幫我們整理場地布景，家長也很放心把我們當安親班，早上就把孩子丟給我們。這是最開心的事，和孩子建立友誼、也讓藝術深入教育。

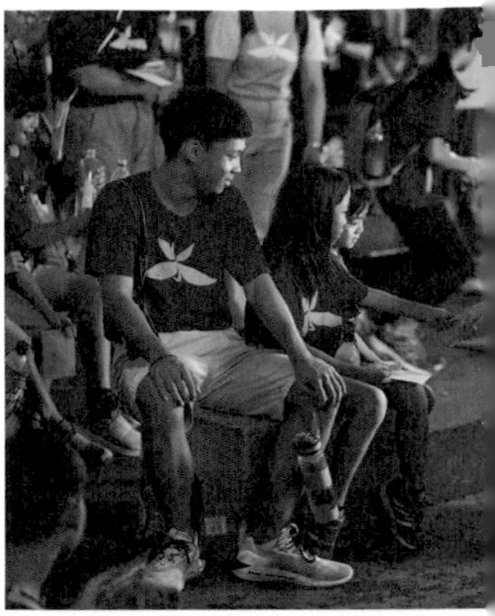

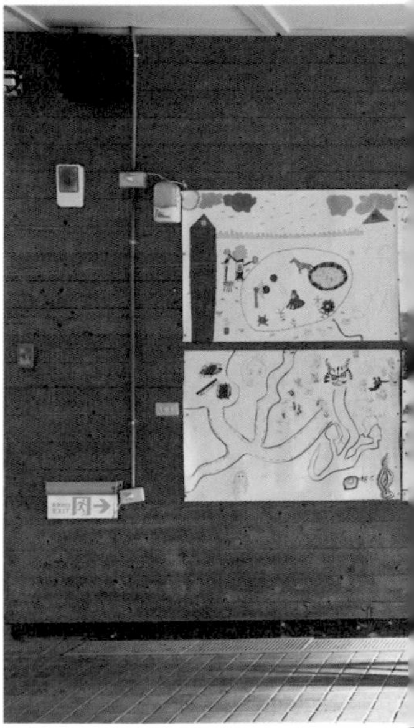

所謂傳統，大抵就是固定名目（通常生離死別或以神之名最能共識）、固定行動（必須群策協力才能完成的事）、固定流程（藉儀式感強化核心結構）、固定場域（也可能幾個村輪流舉辦但路線固定）的排列組合，讓大家得以團聚以強化屬地歸屬。

本屆戲劇節收場之際，團隊將會拜神請示寫有下屆主題的籤條，待下屆戲劇節籌辦啟動再開封。打造傳統萬事俱備，神事地物裡應外合，要把戲劇節變成魚池傳統真正難的是人；神事地物都有，缺人。

每年大概11月開始寫計畫投補助，2月如果順利申請到經費，戲劇節就正式開跑直到7月演出8月核銷，休息一下，11月又來了……。4年來魚池鄉長給我們許多幫助和支持，台北藝術大學也有資助，但戲劇節最大問題是嚴重人力與經費不穩。

很多人給我建議說應該賣這個或那個，老實說，我們真的無暇開發新的營利來源。我也羨慕能扎根在地的藝文團隊，但目前真的只能每年7月回去辦活動，大部分時間仍得留在台北工作。目前為止，戲劇節唯一核心只有我，返鄉的也只有我，但有號召到一群從小在台北成長、戲稱自己沒有故鄉的人，比如台日混血的藝大同學重田誠治，一邊幫忙辦戲劇節一邊尋找歸屬。

我擅長的只有表演藝術這件事，其他部分真的也不太懂，只能慢慢等。等返鄉的人出現。等環境變好。等緣分到來。等孩子長大。

風土繫

在鄉鎮談文論藝，有人批評文化沙漠是因為沒有夠格的文化中心，幫蚊子蓋了一座座家；有人批評民眾對藝文不夠認識，於是文化平權藝術下鄉，把藝文團體送往鄉鎮演出一場場，但終敵不過隨著交通便利、一日島內生活圈的現實，敵不過把青年送往都市打拼、遠離家鄉也越方便的現實。都市的劇場形勢、形式跟行事跟鄉鎮迴異，光是人口組成跟年齡分布比就天差地遠，怎能輕易歸咎鄉民缺文化欠開化，拿台北市藥單給鄉鎮開處方？

然而，事情這幾年漸往好轉。全台在過去幾年冒出一場場與在地文化緊密扣合、規模小巧精美各有精采可觀處的地方型藝術節，其中多數並不在文化中心或大型劇院發生，而是脫胎自最平凡的日常場景。

藝術節興起原因眾說紛紜，而此系列專文就是想找出那些闖事的人，問各自不同的原因。

神事地物都有，缺人。

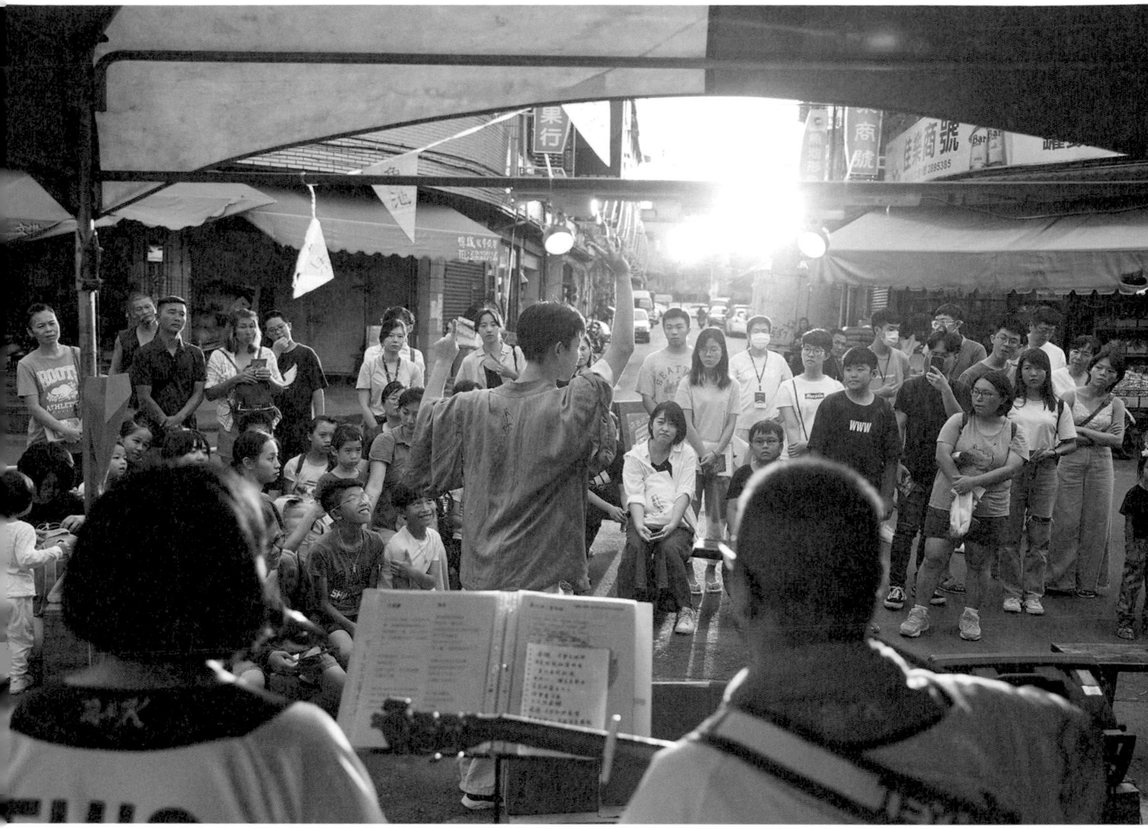

我阿公是世代傳承的乩童，因為一場預知夢。

他夢到中國某個偏僻農村有一尊神在召喚，阿公千里迢迢搭飛機到中國找到那尊觀世音帶回南投拜。每年7月，一群人下班就是聚在一起蓋廟造船各司其職，普渡燒蓮花大家哭成一團……。我到現在才領悟，阿公在開創一個不存在的祭典或儀式，跟我辦戲劇節其實是一樣的事。

一開始我只是想做戲給阿公看，後來卻變成給全魚池的阿公。

只能慢慢等。
等返鄉的人出現。
等環境變好。

小吃碗裡的太空秘密

文字—包子逸　圖片提供—有鹿文化／林煜幃攝影

包子逸

常寫散文、影評與報導。散文曾獲台北文學獎、時報文學獎、林榮三文學獎，譯文曾獲梁實秋文學獎首獎。作品收錄於九歌年度散文選。著有散文集《風滾草》，這是她的第二本書。

能否跟我們分享為何有這本書的誕生？

先講遠因——我本身喜歡收集日用食器，也喜歡有故事性的物件。

我家餐櫃裡沒有什麼昂貴或精細的器皿，因為有自知之明，粗手粗腳的人看到腳很細的輕薄高腳杯會緊張莫名，深怕東西落到手裡容易毀損，不長壽。這個心理障礙導致我所收集的食器一般來說具備厚實沉手、價格平易的特質，漸漸自己也歸納出哪些食器適合自己，所以我的餐櫃裡面有不少早年冰果室果汁杯、啤酒杯、裝楊桃汁的高腳杯，還有小吃攤會看到的那種米糕碗、麵碗，因為它們除非從高空墜

1 清輝窯小吃碗，在20世紀末即停產，目前尚在服役的至少都有25年以上歷史。 **2** 轉型之後的清輝窯，在精密科技業另起江山，圖為陶瓷蓄熱材。

落，非常不容易破（笑），無論清洗或使用起來都讓人非常安心！

平時看到頗有年歲的老五金行，總會進去逛一逛，早年許多食器經常塵封幾十年乏人問津，粗勇之餘尚有民藝之美，我覺得很好。書中最後一個章節「金聲號」就是許多年前無意間路過發現的。

其次，平常我經常與另一半在台灣各鄉鎮遊蕩，要認識一個地方的風土，小吃是一個管道。因為習慣注意盛食的器皿，吃著吃著，有一天突然發現營業幾十年的老小吃店，特別常出現某種青花小吃碗，翻開碗底上面寫著「清輝窯」，跟幾位老闆隨口問起，他們都異口同聲說這種碗已經絕版啦，想買也買不到。

同樣的問答發生數回之後，我終於按捺不住好奇，上網查詢「清輝窯」到底是何方神聖，赫然發現清輝窯如今已不做碗，轉入陶瓷精密科技業，產品包括航太科技元件，這個戲劇性的發展到底怎麼發生的？這個好奇一直擱在我心底。

為了解答我的疑問，2017年我替「端傳媒」寫了一篇關於「清輝窯」跳躍性發展的報導，是為這本書的起始。一年後我在國藝會補助下開始撰寫這本報導書，更完整地以清輝窯小吃碗為引子，串連清輝窯與九家老店的故事。

——

能否談談書中收錄的九個案例，是如何篩選出來，以及在書中排序的理由？

八家小吃店的共通點是：一、它們都位居老城區，見證過上個世紀台灣戰後城鎮發展史的劇烈變化；二、持續使用清輝窯。初期我很快設定了這兩個基本條件，方便鎖定可能的受訪對象、呈現時代縮影。

最後收錄的名單有一半是運氣（我是老顧客），一半是我的鍥而不捨，能夠發現、並說服這些店家談他們過去幾十年的風華並不容易，我在後記裡提到其中一則三顧茅廬（卻無功而返）的幕後故事。邀訪過程中，拒絕受訪或剔除的案例不少於收錄於書中的總數。

田調過程中獲得不少出奇不意的驚喜發現，比如好農家米糕創始店位在沙卡里巴旁的一級戰區（店址已被剷平），華西街阿猜嬤甜湯的紅磚樓往昔是日治時期遊廓最夯的友鶴珈琲店（此種帶有情色意味的「珈琲店」與今日的咖啡店不同），我把這兩則獨一無二的故事放在開場，希望讀者看得出這本書的調性與格局。

其後的排序，是根據內容與長度能帶給讀者順暢的節奏感來安排。老五金行金聲號的故事是幾番考量後，在最後編輯階段才寫完、收錄書中，它扮演鶯歌大型陶瓷廠與第一線小吃鋪之間的仲介與盤商角色，曾經與清輝窯有生意與技術交流，我認為是很好的補述，可以讓書的結構更完整。

可以分享幾個未收錄在書中的店家軼事嗎？

捧起一碗街頭小吃，背後有著細水長流的小城故事。圖為阿猜嬤甜湯的米糕糜、台南好農家米糕。

基本上有趣的店家軼事我都盡量寫在書中了，不能說的都有它不方便透露的理由（笑）。出書前我與攝影林煜幃拜訪金聲號，請老闆拿出一些還沒有拆封、包覆在日本舊報紙內的老湯匙拍照（書中提及為什麼金聲號仍保留這批將近70年前的湯匙），我與老闆閒聊的時候，煜幃不知為什麼在旁邊剝弄拆下來的破碎報紙，窸窸窣窣好一陣子之後，他突然說：「啊，找到了！」原來他找到了報紙上的發行日期，那是昭和28年（1953年）的某一天，這張宛如歷史證物的照片並沒有收錄於書中。

寫完本書後，對於日常生活有無建立新的習性或想法？

與其說建立新的習性或想法，不如說這本書是舊有習性或想法的延伸。平時出門在外吃飯，如果覺得食器特殊，我經常端起碗盤來「看款」，試圖理解它的身世，如果沒有這個習慣，不會有這本書。楔子中開場的老家青花陶瓷碗公仍是家中最常使用的食器，不過它們並不是書的主角，我只是想舉個貼身例子打開話匣，試圖讓讀者理解這本書想陳述的想法與簡單的產業背景。

我在後記裡點到為止指出民藝美學與文化自我定位等議題，但這都是巨大的題目，可以另外寫一本書了吧！（但不是我來寫）（笑）希望讀者讀完此書，對這一系列故事也有自己的觀察與詮釋。

4

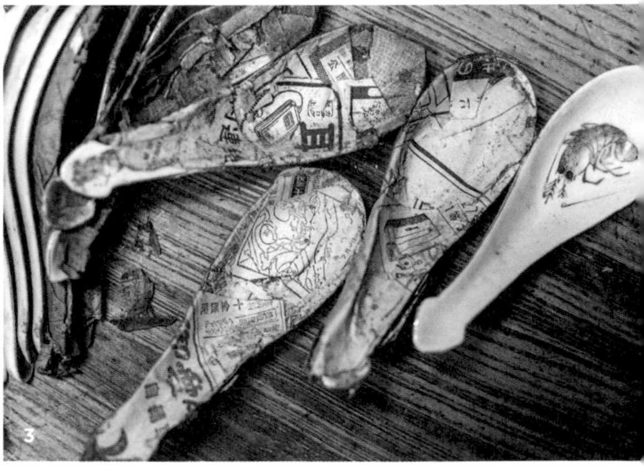
3

3 1950年代進口，因1963年葛樂禮颱風泡水至今才拆封的進口日本瓷器湯匙。 **4** 小吃是一種文化，小吃碗亦是一種文化。

活法則

Vol.1

忙著用自身燃料，帶給人力量的秀蘭

文字、攝影——高耀威

某天，朋友一夥人要來長濱相會，約好去我山上朋友家吃晚餐，後來傳訊息說沿途耽擱，飢腸轆轆的我們，悻悻然的先開動，他們最後實際抵達時間是晚上10點半，一車喧鬧風塵僕僕開入山中，下車時我問他們：「晚餐吃了嗎？」，他們說：「還沒啊，不是約吃晚餐嗎？」，面對這樣處在邏輯之外，非秩序性的野生人種，就是有人能夠心平氣和的說：「好啊，我再來煮。」，那個人就是我在山上的朋友吳秀蘭，她在長濱鄉竹湖村的山上，有一間自己的咖啡館——「秀蘭很忙」。

身為兩個開放式空間的經營者，我是說我，經常要處理的是秩序性問題，要能夠處理好秩序性問題，首先要能懂得秩序之外的事。

所謂秩序，有分成人類自訂的，以及大自然裡生成的，有些看似不守人類規矩的人，若是用大自

大笨蛋！

然的法則來看待，便能夠釋懷，甚至對他們產生一種慈愛寬容的心，經常被觸發出這樣心境的我，久而久之，對於所謂的秩序，便能以別有一番滋味的角度去理解。10點半吵吵鬧鬧開到寂靜山裡，理所當然說要吃晚餐的朋友，或是自然而然隨手拈來，一晚煮了兩次晚餐的秀蘭，對我而言，都是無法用人類秩序來看待的朋友。

人類秩序之外的生活

認識秀蘭是因為一個朋友跟我說，某天她在山裡散步遇到秀蘭，很真摯的約她到家裡吃飯，她不是什麼大人物，就只是一個在山裡散步的小女孩，後來，帶著好奇與真誠的心去秀蘭家吃飯，同席飯桌有一位行動不便但很開朗的先生、一個白髮阿嬤、三個讀小學的姊弟。

沒多久，我也被帶去吃飯，那是像過年圍爐的餐桌，除了秀蘭的家人們，還有其他我不認識的朋友，秀蘭邊吃邊分享她獨特的「以吃換宿」模式，直白的翻譯，就是只要去她家吃飯就可以住她家，大家紛紛覺得好像怪怪的，但通常不知不覺就會住下來。這個模式還經常會採取主動出擊的行動，有些時候，秀蘭是直接攔截在台11線上茫然走路的人，問說：「你要去哪？要不要載你？有地方住嗎？要不要來住我家？」，曾有旅人就這樣住進秀蘭家一段時間，熟悉秀蘭的朋友們，對此早已見怪不怪。

Fool, dumb, and that's OK.

秀蘭的本業是農夫，山林知識豐富，一人獨自耕作四分半的自然農法稻田，另外還改造自家前方的白色農機具倉庫，經營一間咖啡館，提供手沖咖啡及野草花茶，除了咖啡豆是自己烘的，最早期的烘豆機還是自己手工製作的，目前的升級改良版，是自己設計、找鐵工焊造而成。某次帶一個朋友來拜訪，他張大嘴巴說：「這直接打趴一堆台北文青咖啡館啦！」

由於秀蘭五湖四海的個性，經常不在家裡，忙農務接小孩，或順路行俠仗義，再加上位處山中，遊客的足跡到不了，咖啡館順其自然是採預約制。幾個長濱朋友提議幫它取名叫「秀蘭很忙」，還有熱心的鄰居用撿來的生鏽鐵蓋幫忙做招牌，直接在上面命名「小白屋咖啡」，於是最後就決議米克斯在一起，叫做「秀蘭很忙※小白屋咖啡」。

交換，逆轉世界運行的邏輯

最近我擔任秀蘭的人事部門主管，負責協助安排對山林生活或咖啡館經營有嚮往的人，進駐到小白屋擔任短期換宿店長，最常跟店長提醒的是：「晚上睡覺時，如果聽到屋頂有走路的聲音，不要慌張，那是猴子！」，換宿的店長們，不擅長沖咖啡的人會幫忙挑豆子，有的則很享受山中歲月的過生活，每天練習沖咖啡，還有人在附近的山路散步時，採集芭蕉葉回來改造空

大笨蛋生活法則

高耀威
40多歲的人，著有《不正常人生超展開》一書，目前經營兩間店，一間是位於台東長濱的書店「書粥」，一間是在台南的共同工作室「白日夢工廠」，每月底會營業幾天「寂寞食堂」，持續練習另一種活下去的方法。

間。搓草、抓浪花蟹、看螢火蟲、賞星星、吃胖好幾公斤，或是突然被約去海邊一起製作Daluan（打鹿岸，阿美族語的「工作地休憩的寮房」之意），是換宿店長們即興換到的生活情景。

有一位騎攤車環島的甜點師，駐店期間還陪秀蘭去附近村子的長照中心，教老人們做司康；有一位換宿的店長跟我說：「以為會很清閒，還帶書來看，結果每天都很忙。」，來到山裡的人會發現，所謂的山中無歲月，是跟著秀蘭一起忙得不亦樂乎。

發起「以吃換宿」、「顧店換宿」，組織「自然之稻」耕作互助學習群組，參與籌備「長濱野市集」，還經常在路邊撿人回家照顧的秀蘭，這樣的笨蛋，沒有大張旗鼓的口號，默默在竹湖山中，逆轉了世界運行的邏輯，用自己的方式與燃料，一點一點帶給人力量，真讓人喜歡。

Fool, dumb, K.

回到寶斗，一起田野勤學

文字、攝影—張敬業

擺渡人 第一回

張敬業

2012年返鄉成立「鹿港囝仔文化事業」，透過社區參與的方式重新認識家鄉。2015年籌辦今秋藝術節，讓人們重新對鹿港有新的想像。近年著重地方青年培力，計畫建構返鄉及移住青年的地方支持系統。

記得剛回彰化鹿港時，是從丁家大宅旁的「孩堤咖啡」，開啟家鄉的探索。每天藉由一杯咖啡的時間，慢慢從老闆——輝哥口中認識一個又一個家鄉夥伴，甚至許多早期的企劃提案，也是與輝哥切磋後產生……對當時的我來說，輝哥的角色就像江上擺渡人那樣，為初返家鄉的我引出方向，也是當時重要的陪伴與支持。

隨著自己與夥伴組織的成長，及地方關係的深化，我們團隊也慢慢扮演起這樣的角色——陪伴回到鹿港的青年，不論是創業初期的陪跑，還是社會實踐的支持，透過各方資源發展出更為完整的「地方支持系統」。這也讓我思考，在台灣各個鄉鎮地方，是不是也有許多相似的故事呢？

選擇另一種生活價值

進入5月的某個午後，我載著太太和小孩南行，來到40分鐘車程外的彰化北斗鄉間，拜訪「田野勤學」的光鏡。

2015年還在新創公司上班的光鏡，因為假日自然農法課程的啟發，在嘉義鹿草租農地、當起假日農夫。零基礎的他，靠著實務種植及向他人請益累積經驗。2017年他如同週刊報導的標題一樣，離開原本工作，帶著家人回到北斗老家，在家族留下的農地新創品牌。

放棄百萬年薪的橋段，在接下

來的故事裡，已經不夠精彩。「田野勤學」成為光鏡一家，回到北斗的生活價值選擇，也如同其他小農品牌，最初產品經過第一輪親友支持的蜜月期過後，開始面臨市場走不動的窘境。直到2018年，藉由在鄰近校園推廣「食農教育」，品牌發展才出現轉機；越來越多人透過食農教育認識到友善耕作的重要，也因此從學校累積品牌的粉絲與顧客，取貨點也從學校老師的團購，拓展到田中、北斗、溪州、田尾等生活圈範圍的合作店家。現在想喝到他們的豆漿，還必須透過預購方式才能喝到，這種奠基於生活圈消費社群的通路模式，也成為他們的銷售特色。

藉品牌深化扎根地方

隨著品牌發展，產品與業務也隨之成長。目前田野勤學有三大工作項目，第一是「國產黃豆種植」，再來是豆漿豆腐等「產品販售」，以及由前面兩項深化而來的「食農教育體驗」。2020年底推出的「野學校」募資專案，就訴求「從一顆黃豆開始認識鄉土，透過教育向下扎根」，從創辦初心可見師範體系出身的光鏡，不只在實踐對於教育的熱情，背後其實是需要有團隊、有組織，才能建構一套食農知識系統。

這幾年，田野勤學也透過彰化縣府的社區營造及農委會水保局資源，發展出更完整的品牌內容與社

區鏈結，透過政府計畫案的合作，還遇到兩位在計畫結束後留在團隊的夥伴，成為團隊的新血。來自桃園平鎮的南漂青年——婉琦，主要負責產品銷售相關業務，最常接觸的是豆漿、豆腐生產加工店家，及產品團購的取貨點；另一位是北斗的返鄉青年——均容，主要負責專案計畫的執行與食農教育推廣，因為地緣性的關係，進行社區踏查及校園推廣時多了一層方便。

在新一代團隊形成後，光鏡引領兩位青年夥伴，向外部尋找資源、向地方關係連結。青年夥伴也試著自己組隊，增進提案計畫的練功升等，光鏡則扮演陪伴支持的角色，成為青年在地方的後盾。

經驗交流，凝聚地方自主力

無獨有偶，2020年光鏡與北斗街上的店家組成「寶斗之光社群」，希望地方能有針對青年族群的活動，展現北斗的活力，增加地方多元性。透過每個月初的「實體論壇」，讓地方青年丟出對地方的想像與看法，再由發起店家組成的核心成員給予回饋與支持，提供返鄉青年在創業發想與社區參與的經驗，甚至促成後續許多新興活動的發生。

今年年初發生在北斗郡宿舍群的「寶斗舊時光市集」，就是由他幫忙牽線，向文化局提出場地使用需求而促成的。而這場市集也是北斗地區近年來少見，由地方自主發起、社區互相奧援的盛事。這也是在自籌資源的過程中，才能見到的地方凝聚。

從光鏡的返鄉故事，我看到「田野勤學」從單一的產品銷售，轉向食農教育的多元體驗路徑，除了讓消費者認知友善土地的重要，也開始引領青年走入產業、走入社區。再進一步看到有經驗的前輩組成交流社群，為地方青年提供更完整的在地支持。

相信在不久的將來，隨著光鏡的第四個孩子出生，北斗又將有更多精彩的故事。回程我與太太聊起午後的訪談經過，也分享彼此返鄉的歷程，以及相遇後一起走過的那些故事，再看了看後座的新成員。

啊！這就是生活呀！

LOCAL NOTE

【成立年份】
2017年

【團隊成員】
4位正職夥伴

【成員分工】
陳光鏡：田野勤學負責人，負責黃豆種植、品牌營運、外部合作接洽
蔡慧璇：光鏡的太太，協助內務工作
顏均容：返鄉青年，專案執行、校園推廣、社區連結
劉婉琦：南漂青年，通路開發、產品展銷

【主要業務】
體驗課程、豆類產品銷售

【收入來源】
60%活動體驗、35%產品銷售（豆漿、豆腐等）、<10%黃豆銷售

7/31 截止收件

【一般組】臺語散文、臺語短篇小說、華語現代詩、華語散文、古典詩、兒童文學

【劇本組】不設限語文，適合六十分鐘以上舞臺演出

【青少年組】新詩、散文

【臺南鹹酸甜】文類不拘、1000字以內華語正體字書寫

【徵件方式】

紙本——請郵寄22147汐止厚德郵局第30號信箱（臺南文學獎工作小組 邱小姐收）

線上——線上投件請參考活動官網

主辦單位｜臺南 承辦單位｜臺南市政府文化局 協辦單位｜Shangri-La's 香格里拉台南遠東國際大飯店 Far Eastern Plaza Hotel TAINAN 興南客運、新營客運 執行單位｜聯經出版事業公司 聯合文學雜誌

地味手帖［06］

移動販賣車——日常中的地方行動

主編 —————— 董淨瑋
編輯顧問 —————— 林承毅
封面設計 —————— 廖韡
內頁設計 —————— D-3 Design、mollychang.cagw.

社長 —————— 郭重興
發行人暨出版總監 —————— 曾大福
出版 —————— 裏路文化有限公司
發行 —————— 遠足文化事業股份有限公司
地址 —————— 新北市新店區民權路108-3號8樓
電話 —————— 02-2218-1417
傳真 —————— 02-2218-8057
Email —————— service@bookrep.com.tw
客服專線 —————— 0800-221-029

法律顧問 —————— 華洋國際專利商標事務所 蘇文生律師
印刷 —————— 凱林彩印股份有限公司
初版 —————— 2021年6月
定價 —————— 380元

Printed in Taiwan

移動販賣車：日常中的地方行動／董淨瑋主編. -- 初版. –
新北市：裏路文化有限公司出版：遠足文化事業股份有限公司發行, 2021.06 面；　公分. --（地味手帖；6）
ISBN 978-986-98980-6-5（平裝）
863.55　　110008784